BULLENHITZE

von

Volker Sebold

echter

Handlung und Personen sind frei erfunden und sind der Fantasie des Autors entsprungen

Bibliografische Information der Deutschen Nationalbibliothek
Die Deutsche Nationalbibliothek verzeichnet diese Publikation in der Deutschen Nationalbibliografie; detaillierte bibliografische Daten sind im Internet über ‹http://dnb.d-nb.de› abrufbar.

2. Auflage 2020

www.echter.de

Umschlag: wunderlichundweigand.de
Satz: Crossmediabureau, Gerolzhofen
Druck und Bindung: PRESSEL, Remshalden

Klimaneutral
Unternehmen
ClimatePartner.com/11490-1412-1001

ISBN
978-3-429-05509-7 (Print)
978-3-429-05098-6 (PDF)
978-3-429-06490-7 (ePub)

„Gewalt ist stets ein Reich undurchdringlicher Dunkelheit,
das wir vermessen, aber niemals vollständig verstehen können.“

Jacques Sémelin

RÜCKBLENDE

1

Der 16. März 1945 war vorüber. Der Main hatte die vergangene Zeit mit fortgenommen, um sie in einem fernen Meer zu ertränken.

Gebäudeskelette streckten ihre Gerippe wie klamme Finger in den Himmel, um Vergebung zu erlangen. Das „Tausendjährige Reich“ hatte Würzburg begraben. Fensterlose Löcher in den Hausruinen glotzten in eine ungewisse Zukunft. Die Festung thronte über den Brückenheiligen, die im Bombenhagel standhaft geblieben waren.

Durch Schutt, den der Bumerang des Terrors hinterlassen hatte, versuchten sich Trümmerfrauen ihre Wege zu bahnen. Sehnsüchtig danach, den Leichengeruch zu verdrängen und das Leben mit allen Poren aufzusaugen.

April 1953. Die Kälte des Winters war noch nicht gewichen. Die Amerikaner besetzten vakante Stellen mit entnazifizierten Deutschen oder solchen, denen es gelang, ihre Fahne in den Wind zu hängen.

Ein schmächtiger Junge, immer hungrig, lief fröhlich pfeifend durch die Straßen. Er blies eine dunkle Haartolle nach oben, kickte den Stein eines geschundenen Hauses vor sich her, während sein Schulranzen auf- und abwippte. Die Hände steckten in den Taschen einer Lederhose. Der Junge hatte gute Laune. Er war der Einzige mit einer Eins in Deutsch gewesen. Darauf war er mächtig stolz. Um seinen Hals baumelte ein Schlüssel.

Der Junge öffnete die Haustür, stieg die Stiegen der Holztreppe hoch bis unters Dach. Die Dielen knarzten unter seinem Schritt.

Kurz bevor er die Wohnungstür aufschloss, ging er noch schnell auf das Klosett im Flur, entließ einen Strahl und freute sich auf das Mittagessen. Wahrscheinlich gab es wieder Kartoffeln und Quark.

Vorsichtig steckte er den Schlüssel ins Schloss. Er wollte die Mutter überraschen mit der Eins. Er tappte durch den kleinen Flur. Kein Essensgeruch. Er wunderte sich. Sein Mund formte „Mama", als er innehielt. Geräusche, die er nicht kannte. Heftiges Atmen. Männliches Stöhnen. Er erschrak. Schlich weiter. Die Tür des Schlafzimmers war nur angelehnt. Er erkannte, über einen Stuhl gehängt, die Uniform eines Polizisten. Dann blickte er in die Augen seiner Mutter, die ihn ungläubig entrückt anstarrten. Er drehte sich um, rannte aus der Wohnung, durch die Straßen, zum Flussufer. Er weinte und wunderte sich, dass sein Körper immer noch Tränen übrighatte. Wo er doch schon so viele vergießen musste. Der Vater war im Krieg gefallen. Als ob es nur ein Hinfallen gewesen war. Die Sirenen. Der Luftschutzkeller. Die Bomben. In ihm war diese Angst, die ihn nie verlassen werden würde. Dafür war seine Mutter immer für ihn da. Ihre Nähe. Ihre Wärme. Sie war für ihn da. Nur für ihn.

Er spürte einen Stich im Herzen und verstand, dass er sie nun teilen musste. Mit einem fremden Mann. Den er nicht kannte.

Nicht kennen lernen wollte. Wut stieg in ihm hoch und ließ die Pflanze Hass in sich keimen.

Ihn fröstelte. Er war zehn Jahre alt. Der Krieg macht einen älter. So spürte er schnell, dass sich im Leben schon wieder etwas Gravierendes verändern werden würde.

Als er Stunden später nach Hause zurückkam, war der Mann verschwunden. Der Blick der Mutter drang durch ihn hindurch, nagelt sich in die Wand. Apathisch schritt sie zu dem kleinen Radio, das auf der Anrichte stand. Sie drückte den elfenbeinfarbenen Knopf. Als swingende Musik der Amerikaner erklang, drehte sie ihren Körper, als sei er schwerelos. Das Kind hatte die Mutter so noch nie gesehen.

Auf dem Tisch lag eine Tafel Schokolade. Für ihn. Er ignorierte den Leckerbissen, ging in sein Zimmer und schloss sich ein.

Das Kind störte. Die Mutter und der Polizist gaben sich die Liebe, die sie in den schweren Zeiten schmerzlich vermissen mussten. Und sie waren nicht bereit, diese Liebe zu teilen. Schon gar nicht mit einem Kind.

Stillschweigend saßen die drei am Frühstückstisch. Der Junge zitterte, als er seine Tasse mit Kakao zum Mund führen wollte. Ein Schluck schwappte heraus, als er die Tasse am Mund ansetzte. Der Kakao besudelte sein Hemd und spritzte auf das Tischtuch. Vor Schreck ließ der Junge die Tasse fallen. Wie in Zeitlupe zerschellte sie auf dem Fußboden. Der restliche Kakao hinterließ eine hässliche braune Spur. Unvermittelt und wortlos schlug ihm der Polizist brutal mit der flachen Hand ins Gesicht. Die Mutter schwieg. Sie stand auf, holte einen Putzlappen und wischte die Flüssigkeit auf.

„Wasch dich!", flüsterte sie und schob ihren Sohn in Richtung Badezimmer.

„Dein Kind braucht mal eine anständige Erziehung! Hat keine Manieren, der Bengel!", polterte der Mann.

Das Kind, ängstlich und unsicher, brachte schlechte Noten nach Hause. Bei den kleinsten Verfehlungen brüllte der fremde Mann den Jungen an. Als er es nicht mehr aushielt vor lauter Demütigungen durch den Erwachsenen und den Polizisten einen „Scheiß Nazi" nannte, holte dieser den hölzernen Kochlöffel aus der Schublade, legte den Jungen übers Knie und prügelte solange auf ihn ein, bis er selbst außer Atem geraten war.

Wenn er seine Mutter flehend, mit verheulten Augen und tiefroten Flecken auf den Oberschenkeln anblickte, sah er nur ihre stumme Verzweiflung und Schwäche.

Der Junge wusste, dass der Mann immer wiederkommen würde. Wieder und wieder. Was hatte er nur, dass seine Mutter ihre Liebe so einseitig vergab? Er zog sich in sein Zimmer zurück und lernte zu schweigen. So oft es ging, verbrachte er die Zeit draußen. Er lernte wie besessen, da er merkte, dass sich seine Gedanken auf diese Art und Weise Freiheit zurückholten. Er betete, dass der Mann möglichst bald, für immer, verschwinden würde.

Nach einem Monat wurde sein Gebet erhört. Der Polizist war in eine üble Kneipenschlägerei verwickelt worden. Er hatte einen Soldaten der US-Armee schwer verletzt. Sein Faustschlag war so hart, dass der Amerikaner die Sehkraft des linken Auges verlor. Er wurde versetzt. Seine Mutter erfuhr die Geschichte von einem befreundeten Mann aus der Verwaltung. Sie nahm das Geschehen scheinbar regungslos hin. Es schien, als habe ihr der Vorfall überhaupt nichts ausgemacht.

Sie widmete sich wieder ihrem Sohn, als sei nie etwas geschehen.

2

Die Mutter lag zu Hause im Bett und konnte sich nicht mehr bewegen. Ein Schlaganfall hatte ihr die Bewegung und das Denken geraubt. Der Sohn, mittlerweile im erwachsenen Alter, kümmerte sich liebevoll um die alte Frau. Er brachte es nicht über das Herz, sie in ein Heim abzuschieben.

Schließlich starb sie. In der Nacht. Ein schneller Tod. Der Sohn fand sie, als er ihr das Frühstück ans Bett bringen wollte. Er nahm ihre kalte Hand in die seine. Seine Gedanken kreisten kurz in der Vergangenheit. Dann gab er ihr einen Kuss auf die Stirn, ging zum Telefon und rief den Hausarzt.

Nie hatte er mit seiner Mutter über deren Verhältnis mit dem Polizisten gesprochen. Mutter und Sohn hatten ihn aus ihrem Leben verdrängt. Das Leben ging weiter. Ihre Beziehung wurde respektvoll, geprägt von höflichen Manieren. Die Mutter hatte seinen beruflichen Werdegang finanziell, soweit es ging, unterstützt. Sie wurde auf ihre alten Tage religiös und ging jeden Sonntag in den Dom zum Gottesdienst. Betete für beide Seelen.

Sie bewunderte die teuren Mäntel der Reichen, die sie von der Predigt ein wenig ablenkten. Ihr Sohn blieb zu Hause und verkroch sich in seine Bücher.

Über die Jahre, die sie beide zusammenlebten, vermisste der Junge nur eines: Nie hatte seine Mutter ihm gesagt, dass sie ihn liebte. Er wusste nicht, ob er in dieser Welt willkommen war. Aber er liebte seine Mutter. Verzieh ihr die unsägliche Beziehung zu diesem Monster, das in seinen Träumen immer wieder- und wiederkehrte. Ihn mit einem Flammenschwert in Stücke schnitt. Seine Mutter war die Einzige gewesen, die ihm Trost und Wärme spenden konnte, wenn er fror.

Noch am Tag der Beerdigung, spät am Nachmittag, begann der junge Mann die Wohnung auf den Kopf zu stellen. Er war sich selbst nicht im Klaren, nach was er eigentlich suchte. Es war ein innerer Drang, der seit Stunden in ihm wühlte und dem er jetzt nachgab. Es war wohl die Sehnsucht, ein Geheimnis zu lüften, obwohl vielleicht gar keines existierte. Er durchwühlte Mutters Wäsche, das Bettzeug. Sog den Duft ihrer Unterwäsche ein. Durchblätterte alte Bücher. Unbrauchbares warf er in einen Abfallsack.

Als er *Der Glöckner von Notre-Dame* von Victor Hugo in Händen hielt und darin blätterte, fiel, als er es nach unten hielt und schüttelte, so dass die Seiten in der Zimmerluft flatterten, ein Brief zu Boden. Dessen Inhalt sollte sein Leben für immer verändern. Zitternd las er die schnörkellose Handschrift der Mutter:

Sehr geehrter Herr NSDAP-Kreisleiter,

ich möchte mich als einfache Frau an Sie wenden, weil ich mein Gewissen erleichtern muss. Mein Mann scheint ein Kommunist und Judenfreund zu sein. Als er aus Frankreich auf Heimaturlaub war, lästerte er, dass unser Führer ein dummer, arroganter Mensch ist. Es sei schade, daß das Attentat am 20. Juli nicht geklappt hat, dann wären die Verbrecher jetzt da, wo sie hingehören: in der Hölle. Genauso hat er es gesagt. Ich kann mit so einem Mann nicht mehr zusammenleben. Ich will mich scheiden lassen, aber er möchte das nicht. Ich will nur meine Pflicht gegenüber unserem heroischen Führer tun, weil ich an ihn glaube. Bitte sorgen Sie dafür, dass mein Mann seine verdiente Strafe erhält.

Heil Hitler!

Der Mann vergrub das Gesicht in den Händen. Tränen, es sollten die letzten sein, die er vergoss, rannen ihm in die Mundwinkel, tropften auf die Buchstaben und wuschen etwas Tinte vom Blatt.

Er hatte seinen Vater nie kennenlernen dürfen. Er wurde, das war nachvollziehbar, während eines Fronturlaubes gezeugt. Er war jedoch kein Kind der Liebe. Er war das Kind eines aufgestauten Gefühls. Ein Akt wie ein Blitzkrieg. Schnell und effektiv. Dennoch spürte er eine Bindung zu diesem Mann, der auf den Fotos, die ihm seine Mutter manchmal zeigen musste, so traurige Augen hatte und nie lächelte. Und jetzt, nachdem er den Brief gelesen hatte, kam ihm der Gedanke, dass dieser Soldat vielleicht gar nicht sein leiblicher Vater war. Ihm wurde schwindelig.

Hektisch blätterte er weitere Bücher auf, und tatsächlich, ein weiterer Brief entglitt. Diesmal aus Goethes *Gesammelten Werken*.

Der Absender: Nachkriegsgericht Würzburg. Er las rasend schnell. Zweimal hintereinander. Dem Inhalt entnahm er, dass die Mutter von jemandem angezeigt worden war, weil sie ihren Mann den Nazischergen ans Messer geliefert hatte. In ihrer Vernehmung vor dem Richter hatte sie angegeben, sie sei hochschwanger gewesen, und ihr Mann, auf Heimaturlaub, habe das Kind nicht anerkennen wollen. Kriegszeiten seien nun mal andere Zeiten. Heute wisse man alles besser, aber damals hätte sie einfach Angst gehabt, als der Mann den Führer beleidigt und ihr auch noch gesagt hatte, er liebe sie nicht mehr. Sie war verzweifelt. Aber die Frucht in ihrem Leibe erhielt ihren Lebensmut. Sie habe nie gewollt, dass er an die Ostfront geschickt wurde, wo er einen tragischen Tod fand.

Aus diesen Sätzen sprachen Häme und Hohn. Der Mann war sich absolut sicher, dass die Mutter seinen Vater in den sicheren Tod geschickt hatte. Wissend und wollend. Wieso tat sie so etwas? Er stand auf. Sein Herz raste. Wie ein Tier im Gehege lief er in der Wohnung hin und her. Seine Mutter, eine Denunziantin? Er stürmte ins Bad und übergab sich. Er spritzte sich Wasser ins Gesicht und besah sein Spiegelbild. Wer bin ich? Wie viel Vater, wie viel Mutter trage ich in mir? Er hatte seine Mutter nicht gekannt. Seine Liebe zu ihr verdunstete wie Wasser in der Sonne. Kein Hass. Ihm wurde nun auch die Beziehung zu dem Polizisten deutlicher. Seine Mutter war eine regimetreue deutsche Frau, die sich dem Führer bedingungslos unterworfen hatte. Als es mit dem Reich zu Ende ging, kam ihr ein neuer deutscher Uniformträger gerade recht. Der Polizist. Er versuchte die schlechten Gedanken an die Mutter zu verscheuchen. Es gelang ihm nicht.

Einige Zeilen weiter las er, dass das Gericht hinsichtlich des Wohlergehens des Jungen im Sinne der Mutter urteilte und sie freisprach.

Der Mann nahm eine Schatulle zur Hand. Er faltete die beiden Briefe sorgfältig. Atmete tief durch. Legte sie hinein. Dann stellte er das Behältnis behutsam auf seinen Schreibtisch. Er blickte aus dem Fenster. Abermals lag sein Leben in Schutt und Asche. Die Dämonen des Krieges lassen einen nie ruhen.

Ihm kam der Mann mit der Uniform in den Sinn, als er damals so gutgelaunt, mit der Eins, nach Hause gekommen war. Mit dem Polizisten zog das Unheil auf. Man hatte ihn alleine gelassen. Mit seinen Gedanken. Mit seinen Sorgen. Mit seinen Ängsten. Mit seinen Schmerzen. Deutschland wollte wieder wachsen. Da war kein Platz für Sorgenkinder.

Er strich ein blütenweißes Papier glatt. Befeuchtete die Spitze des Dupont-Füllers mit der Zunge und begann dem toten Vater einen Brief zu schreiben.

AUFBLENDE

1

Sommer 2003.

Röhrende Jets verursachten am blauen Himmel kondensierende Kratzer. Eine Putzfrau schüttete einen Eimer Wasser aus, das sofort verdunstete. Die Sonne brannte heiß auf ausgezogene Leiber. Hitze schälte den Lack vom Blechkleid ächzender Karossen. Häuser lehnten faul in der Hitze und fraßen Staub mit gierigen Mäulern. Schweißperlen tropften zu Boden. Wespen stachen gut gelaunt in Menschenfleisch. Europa beklagte Tausende Hitzetode, zur Freude der Insekten, die lustvoll ihre Lätze umgebunden hatten. Ernteausfälle waren zu verzeichnen, und Atomkraftwerke wurden abgeschaltet. Kleine Flüsse trockneten aus. Der Würzburger Kessel brodelte. Jene Stadt, deren Kirchtürme den Himmel perforieren, damit der rechte Glaube auf die Menschen rieselt.

Drohende Schatten zogen aus der Ferne auf.

Dunkle Flecken auf einem Gesicht.
Ein lachendes, hübsches Gesicht.
Dunkle Flecken auf einem Gesicht.
Blut.
Blut.
Blut.
Blut, das fließt.
Blut, das pocht.
Blut, das stirbt.

Unreines Blut floss durch die Adern der Hauptkommissarin Rebecca Rust. Das vibrierende Handy auf dem Nachttisch riss sie aus einem Albtraum. Die Haarsträhnen hingen schweißverklebt an der Stirn. 6 Uhr 30.

„Ja?"

„Hallo Rebecca. Wagner hier. Einsatzzentrale. Entschuldige, dass ich dich wecken muss. Aber du musst unverzüglich zur Dienststelle kommen! Es wurde ein Mord gemeldet. Ein Kollege ist das Opfer. Die Chefs sind schon verständigt. Du kannst dir vorstellen, wie nervös hier alle sind!"

Ferdinand, der Kater, strich um ihre Füße, als sie aus dem Bad kam. Sie gab ihm ein ganzes Schälchen Trockenfutter und hoffte, dass er sich faul in der Wohnung verkroch, bis sie nach Hause kam.

Der schwarze *Nissan Micra* fand seinen Parkplatz vor dem Dienstgebäude. Rebecca hastete die zwei Stockwerke hoch ins Büro. Der Aufzug war immer noch defekt. Ein Kollege rief ihr hinterher, dass das linke Bremslicht kaputt sei. Sie wusste das, aber es war ihr egal.

Nach dem Anruf nahm sich Roland Utz, drei Jahre älter als Rebecca und von Beginn an im selben Ermittler-Team, noch die Zeit, sich den Schweiß der Nacht vom Körper zu waschen. Unter der Dusche kratzte er sich gedankenverloren am Hintern. Die Augen geschlossen, dachte er, dass er sich nie daran gewöhnen werde, dass Menschen sich gegenseitig umbringen. Das Wasser bahnte sich seinen Weg durch die Haare am Körper und verschwand im Abfluss. Beim Abtrocknen hatte er einen Niesanfall.

Verdammter Heuschnupfen. Der Kaffee war durch die Maschine gelaufen. Schwarz. Dazu eine Zigarette. Dann aufs Fahrrad. Der Kriminalhauptmeister brauchte zehn Minuten ins Büro.

René Streitenberger. Einundfünfzig Jahre alt. Verheiratet. Drei Kinder. Zwei im Studium. Eine pubertierende Tochter zu Hause. Kriminaloberkommissar. Seine Frau schlief weiter, als das Telefon im Parterre penetrant klingelte. Sein unruhiger Schlaf erfuhr Befreiung.

„Ich habe verstanden. O.K.! Scheiße! Bin gleich da."

Schnell ein halbes Brötchen mit *Nutella*. Er hielt mit seinem Wagen kurz beim Bäcker, holte sich einen Kaffee zum Mitnehmen und verbrannte sich die Zunge. Er hatte schlechte Laune, als er um kurz nach sieben Uhr im Besprechungszimmer stand. Die Chefs waren natürlich schon da. Und er, wie immer, der Letzte. Die Blicke kannte er schon.

„Guten Morgen, Kollegen."

Rufer war nervös. Er war der Leiter der Kriminalinspektion.

„Unangenehme Geschichte. Wir haben keine Zeit zu verlieren. Im öffentlichen Toilettenhäuschen, unten am Mainufer, Höhe Arbeitsamt, fand man die Leiche eines Mannes. Das Ganze wurde anonym über eins, eins, null gemeldet. Die Uniformierten sind vor Ort und sichern den Tatort. Hoffentlich ohne Spuren zu zerstören. Erste Meldungen, und jetzt wird's interessant, sprechen davon, dass das Opfer ein Kollege ist. Alles deutet auf Mord hin. Die Auffindesituation: Hose nach unten gezogen, Flecken am Hals. Wir wissen alle, meine Dame, meine Herren, dass es sich bei der Toilette um einen stadtbekannten Schwulentreff handelt."

Die Ermittler blickten sich an und schnauften im Gleichklang ein und hörbar aus.

Rufer, Briefmarkensammler aus Passion, exakt im Auftreten, ließ seine scharfen Augen über die Mannschaft blitzen. Das geräuschvolle Einziehen der Luft durch die Nasenflügel, nach jedem Satz, verriet seine Anspannung.

„Bei Hitze gibt es Ärger. Das war schon immer so. Wenn die Temperaturen steigen, nehmen die Aggressionen zu. Mehr Menschen auf der Straße. Mehr Alkohol. Längere Helligkeit. Alles Punkte, die der Kriminalität zusprechen. Wir müssen den Ball aufnehmen und das grausame Spiel beenden. Unangenehme Geschichte, das. Ich fordere zunächst absolutes Stillschweigen gegenüber der Presse. Das übernehmen wir. Frau Rust, ich übertrage Ihnen als frischgebackene Hauptkommissarin und Ihrem Team hiermit den Fall. Ich erwarte Diskretion und perfekte kriminalistische Aufklärung. Ich verlasse mich auf Sie. Enttäuschen Sie mich nicht. Viel Erfolg! Und informieren Sie mich über alles zeitnah. Unangenehme Geschichte, das."

Mit einem blütenweißen Stofftuch wischte sich der Chef der Kripo den Schweiß von der Stirn und trank ein Glas Wasser in einem Zug leer.

Auf dem Weg zum Ort des Verbrechens wurde nicht gesprochen. Die Angst unter Kontrolle halten. Den Kollegen keine Blöße zeigen. Sich den Toten möglichst grausam entstellt vorstellen, damit einen die Realität etwas besänftigt.

Der *BMW* rollte über das Kopfsteinpflaster. Der Adrenalinspiegel stieg. Stickige Hitze drang durch die Lüftungsschlitze, um sich als zweite Haut an die Insassen zu schmiegen. Die Klimaanlage blieb, aus Rücksicht auf Rolands Heuschnupfen, ausgeschaltet.

Das Absperrband verhinderte die Weiterfahrt. Im Streifenwagen hatte ein Kollege den Beifahrersitz zurückgedreht und döste. Überstunden. Die Nacht hat ihren Preis. Ein zweiter übermüdeter Beamter kam auf den *BMW* zugelaufen. Schweißflecken unter den Achseln wirkten wie überdimensionierte Abzeichen des Sommers. Sie hatten das bambusfarbene Hemd dunkel gefärbt.

„Hallo, Rebecca. Hallo, René. Roland."

„Morgen, Manni." Man kannte sich. Die Stadt war überschaubar.

„Rebecca! Ich kenne den Toten. Es ist Langner. Mein ehemaliger Ausbilder bei der Bereitschaftspolizei. Wir haben nichts verändert und niemanden durchgelassen. Er liegt dadrinnen. Verrückte Welt. Echt krass!"

Mit dem Daumen deutete er hinter sich auf das kleine Toilettenhäuschen aus Bruchstein.

„Soweit ich weiß, war der Mitteiler anonym. Wenn ihr jetzt übernehmt, hauen wir endlich ab. Ich schreib euch aber noch einen kurzen Vermerk."

Die drei Ermittler zogen sich am offenen Kofferraum die weißen Schutzanzüge über. Sie diskutierten kurz, ob sie auf den Staatsanwalt warten sollten, bevor sie reingingen. Sie warteten nicht.

René hatte den Fotoapparat bereit. Rebecca testete das Diktiergerät. Roland kniete sich hin, um die Leiche zu untersuchen.

Der Gestank menschlicher Ausscheidungen nahm ihnen den Atem.

„Das beschissenste Klo in dieser Stadt!", würgte René hinter seinem Mundschutz hervor und hellte mit dem ersten Blitz den gekachelten Raum unnatürlich auf.

Jeans und die schwarzen Boxershorts des Toten waren bis zu den Kniekehlen heruntergezogen. Er lag bäuchlings auf schmutzigen Fliesen. Den Oberkörper bedeckte ein weißes Kurzarmhemd. Auf dem nackten Hintern glänzte ein milchiges Sekret. Roland strich die Substanz in ein Reagenzglas und beschriftete es. Es sah nach Sperma aus. Es roch nach Sperma. Es war Sperma.

Grün schimmernde Fliegen umkreisten den Leichnam. Die Hitze unter den Schutzanzügen war unerträglich und durchtränkte die Kleidung. Rebecca musste darauf achten, nicht zu hyperventilieren. Roland eilte nach draußen, um eine Heuschnupfenattacke hinauszuniesen.

„Druckspuren am Hals. Moment, ich dreh den Leichnam jetzt um."

Die Leiche rülpste. „Mahlzeit!"

Der Humor von Polizisten ist ein eigener. Ein Blick in die Mundöffnung. Routine.

Roland zog die bereits erstarrten Finger des Toten auseinander. In der Handinnenfläche der rechten Hand lag ein Zettel, darauf ein Wort, am Computer geschrieben:

ICH

„Ich weiß ja nicht. Aber mit den Schwulen komm ich nicht so ganz klar. Tun so, als seien sie die Liebsten der Gesellschaft.

Haben bei Frauen 'nen echten Stein im Brett, und dann töten sie sich doch aus Geldgier oder Eifersucht oder was weiß ich. He Rebecca, guck mal!"

Flash! Ein Blitz zuckte durch den Raum, und Rebecca war Nummer 24 zwischen all den Leichenbildern.

„Fotografiere lieber die Kontakte an den Wänden und lass den Unsinn!"

Rebecca war genervt.

René kommentierte die obszönen Sprüche an den Wänden, als es Roland zu bunt wurde.

„Halt endlich die Klappe, René! Mach einfach deine Arbeit!"

Roland hatte im Geldbeutel, der in der Gesäßtasche des Toten steckte, dessen Dokumente gefunden. Der Kollege hatte Recht. Es war Christian Langner. Der Ausweis der Bereitschaftspolizei zeigte sein Konterfei. In der Börse befanden sich exakt 312,94 Euro. Sie stutzten. Sah nicht nach Raubmord aus.

Der Staatsanwalt, Jochen Bohm, war mittlerweile eingetroffen und ließ sich von Rebecca informieren. Sie kannten sich und hatten schon manchen Kampf vor Gericht ausgefochten.

Die Leichenbestatter warteten rauchend vor ihrem Mercedes. Die Tatortarbeit war erledigt. Die Männer in schwarzer Kleidung, die nach Schweiß stank, hoben den Verstorbenen in den schmucklosen Sarg.

Letzte Fahrt. Rechtsmedizin.

Die Sonne sandte ihre Strahlen, als wolle sie das Zink schmelzen und den Toten brandmarken.

Nachdem sie der Obduktion beigewohnt hatten, bat Professor Schwacke die Ermittler in sein Büro. Wie immer hatte er nüchtern und effizient die Leiche untersucht. Roland war den Obduktionen, denen er beiwohnen musste, für seinen Heuschnupfen dankbar. Durch die verstopfte Nase drang so nicht jener Geruch, den der Tod den Lebenden ein letztes Mal entgegenatmet.

„Erwürgt! Das Opfer ist eindeutig durch Erwürgen ums Leben gekommen. Das Sperma, das auf dem Hintern platziert war, ist wohl mit Absicht dort, ähm, abgelegt worden. Ein Analverkehr fand zwar statt, jedoch mindestens vierundzwanzig Stunden vor Eintritt des Todes. Das Sperma war noch nicht ganz getrocknet. Ich bin gespannt, ob es die gleiche DNA aufweist wie die des Toten. Das dürfte für Sie ein interessanter Ermittlungsansatz werden. Aber ich sehe schon, wie ihre Gedanken kreisen. Die Todesursache, meine Dame, meine Herren, ist eindeutig Ersticken. Es gab am Tatort und kurz davor mit Sicherheit keinen Analverkehr. Der Körper zeigt keine typischen Kampfspuren. Keine Hämatome oder Risswunden. Das Zungenbein ist gebrochen, der Kehlkopf weist Bruchstellen auf. Die Würgemale am Hals haben Sie ja selbst dokumentiert. Ich werde Ihnen schnellstmöglich einen Bericht zukommen lassen. Viel Glück, Frau Rust. Meine Herren. Kaffee?"

Ohne die Antwort abzuwarten, goss Professor Schwacke vier Becher ein, während sich drei Ermittler verdutzt anblickten.

Im Büro, das sie sich mit Roland teilte, hatte sie über der Tür einen Spruch angebracht: *Lupus pilum mutat, non mentem (Ein Wolf ändert sein Haar, aber nicht seine Absicht).*

René, der bei der Spurensicherung, im Fotolabor, seinen Platz hatte, erhielt den Auftrag, in die Wohnung Langners zu fahren.

Das Zweizimmerappartement war bieder eingerichtet und penibel sauber. Offensichtlich war Langner Einzelgänger. Zudem hatten Nachforschungen ergeben, dass er keine Schulden hatte. Die Eltern waren vor einigen Jahren gestorben. Die Anwohner sagten, der Vater hätte die Andersartigkeit seines Sohnes nicht ausgehalten.

Im Schlafzimmer fanden sie ein paar Schwulenpornos. Nichts deutete auf ein extravagantes Leben des Toten hin. Er lebte als Single und hielt wenig Kontakt zu seinen Nachbarn.

Die Kollegen der Bereitschaftspolizei verhielten sich ihnen gegenüber reserviert. Ja, man hatte gemunkelt, dass Herr Langner homosexuell sein könnte. Na und! Er war beliebt und kollegial. Was einer in seiner Freizeit machte, ging niemanden etwas an. Als sie zum Auto zurückkehrten, stolperte Rebecca über einen Stein, der vom Aushub für das neue Sportzentrum auf die Straße gerollt war. Die Luft flirrte über dem Asphalt.

„Ich wette, wenn wir hier draußen sind, zerreißen sie sich die Mäuler. Und dann wussten sie schon immer, dass Langner mal so enden würde. Diese Scheinheiligen!" René kommentierte mal wieder unaufgefordert.

Roland bog Büroklammern zurecht, um sich die Fingernägel zu putzen. Rebecca hasste das, vermied aber, ihn darauf anzusprechen. Sie holte zwei Becher Kaffee. Fluchte, da die Maschine nebenan schon wieder defekt war und sie in den obersten Stock gehen musste.

„ICH, was glaubst du, René? Hast du eine Ahnung, was es bedeuten soll?“

René hob die Schultern an und legte den Kopf zur Seite.

„ICH bin das Opfer oder ICH bin der Täter. Allmachtsfantasien eines Psychopathen, wenn du mich fragst. Vielleicht auch: ICH bin schwul?“

René stutzte. Rebecca lächelte nicht.

„Vielleicht auch nur ein unvollständiges Gebilde. Da kommt noch was auf uns zu. Da bin ich mir sicher.“

„Die Buchstaben sind am Computer geschrieben. Akkurat und ohne Satzendzeichen.“

„Es ist noch viel zu früh, uns auf irgendwas festzulegen. Es wäre reine Spekulation. Warten wir doch mal die Laborproben ab.“

„Wir haben bis dato auf den Bildern vom Tatort nichts Verdächtiges gefunden. Die Nummern an den Wänden sind abtelefoniert. Meistens waren die Angerufenen verblüfft und erstaunt, dass sie nicht nur im Telefonbuch, sondern auch im Schwulenklo auftauchen. Ich lasse es mir nicht nehmen. Der Mörder kann nur in der Szene zu finden sein. Überleg doch mal. Schwulenklo. Opfer: schwul. Sperma auf dem Hintern. Was wollen wir denn noch? Ich denke, wir müssten die Jungs in der Szene mal gehörig aufmischen!“

So war René. Geradeheraus. Direkt. Aber manchmal, das musste Rebecca sich eingestehen, blieb nur die Wahl, seinen einfachen Gedanken zu folgen. Unter anderem deshalb war er auch in ihrem Team.

Eine Woche später war die Analyse da: Das Sperma, das der Täter auf dem Anus von Langner platziert hatte, wies eine differente DNA auf. Demnach war es das erste wirkliche Beweismittel, das sie hatten. Ein Abgleich in den Datenbanken des BKA verlief allerdings ohne greifbares Ergebnis. Die Laune sank wieder. Rebecca sah sich gezwungen, Renés Vorschlag zu folgen und die Schwulenszene zu überprüfen.

Ihr war nicht wohl in ihrer Haut. Als junge Beamtin musste sie im Rahmen ihrer Ausbildung unter Gauweilers Innenministerherrschaft Homosexuelle an Szenetreffs aufspüren, ihre Namen notieren, um sie aktenkundig zu machen. Die AIDS-Hysterie hatte die Gesellschaft erfasst und ließ manchen Politiker zu überzogenen Handlungen hinreißen. Halbwahrheiten und Lügen vermischten sich zu einem unseligen Gebräu.

Auch wenn sie mit Bauchschmerzen das Gespräch mit Rufer bestritt, war der auf ihrer Seite. Sie einigten sich auf so wenig Unterstützungsbeamte wie notwendig und beschränkten sich auf den Bahnhofsbereich, die öffentlichen Toiletten und den Ringpark.

Rebecca forderte in der Einsatzbesprechung Fingerspitzengefühl bei Menschen, denen sie nun, nur aufgrund von deren Veranlagung, auf die Pelle rücken mussten. Selbst im Jahr 2003 mussten sie sich verstecken, um einer Veranlagung nachzugehen, für die sie nichts können. Sie würden die Leute aufscheuchen, aus ihrer Anonymität holen, da führte kein Weg daran vorbei. Der Mord an Langner war ein zu hoher Preis.

Rebecca und René schritten auf das Kriegerdenkmal im Ringpark zu und überlegten gerade, die Aktion erfolglos abzubrechen, als ein junger Mann aus dem Buschwerk sprang. Er erstarrte vor Schreck, als er die Ermittler erblickte.

„Ihr Scheiß-Bullen! Macht mal hier nicht so 'nen Rabatz! Haut endlich ab! Scheiß Faschistenpack!"

Bevor er Fersengeld geben konnte, war René schon bei ihm und packte ihn am T-Shirt. Doch der Junge war geschmeidig. Riss sich los und rannte weg. René war aufgrund seines Alters schnell aus der Puste. Rebecca versuchte, den Weg abzuschneiden. Doch dann stolperte der Flüchtende über eine Baumwurzel und schlug brutal zu Boden. René war über ihm und schlug die Faust in seine rechte Niere, worauf der Junge laut aufschrie. Vor dem zweiten Schlag hielt Rebecca Renés Arm und schüttelte energisch den Kopf.

„Du verstehst, dass wir dich jetzt mitnehmen, Junge!"

Rebecca und Ronny Koslowski saßen sich gegenüber. Der Junge zitterte und blickte zu Boden. Das Blut im Gesicht begann zu verkrusten. Mit zitternden Händen trank er einen Schluck Wasser. In seinem Rücken stand Roland und passte auf, dass er nicht überreagierte. René war duschen und musste sich von dem Ereignis erst einmal erholen.

„Um was geht es hier eigentlich genau? Ist es in Würzburg etwa verboten, schwul zu sein, oder was?"

„Hier gehen die Uhren seit ewigen Zeiten anders. Mach dir doch nichts vor."

„Und ihr lasst jetzt meine Uhr ablaufen, ja? Ich bin Berliner. Ostberliner, um genau zu sein. Darauf bin ich auch stolz. Bin von zu Hause abgehauen. War siebzehn. Wollte weit weg. Wir wurden verraten im Osten. Weißte? Von wegen blühende Landschaften und so'n Scheiß. Keine Arbeit. Die Alte nur besoffen, und immer ein anderer Typ zu Hause. Mir hat's einfach gelangt. Klaro?!"

„Kennst du Christian Langner?"

„Wer soll denn das sein? Ein Schauspieler?" Ronny grinste.

„Lieber Ronny. Uns ist das ernst hier. Wir verfolgen euch Schwuchteln nicht so zum Spaß. Uns ist es völlig gleichgültig, wer welche Neigungen hat. Verstehst du? Du bist hier bei der Kripo. Wir ermitteln in einem Mordfall. Und du könntest uns vielleicht wertvolle Hinweise geben. Denk mal nach. Du kannst das Befragen hier abkürzen, wenn du kooperierst. Uns tut auch leid, dass dein Leben nicht zu deiner Zufriedenheit verlaufen ist. Aber wir können da auch nichts für. Klaro?!"

„Ich kenne keine Typen, die Lager oder Langner heißen! Mord, was? Scheiße, Leute, damit habe ich wirklich nichts zu tun. Das könnt ihr mir aber glauben. Ich bin froh, wenn ich mein Leben habe. Ihr wisst ja nicht, was sich da rumtreibt. Neulich hatte ich einen hohen Beamten aus der Regierung. Weiß ich, weil er seine Visitenkarte verloren hatte, der Typ. Geilheit macht unvorsichtig, müsst ihr euch merken. Ich habe die Karte aber weggeworfen."

Rebecca bohrte ihren Blick in die Augen des Jungen, gerade mal zwanzig Jahre alt, röntgte sein Innerstes und versuchte seine Gedanken zu filetieren.

„Wir suchen gerade in deiner Wohnung nach eventuellen Beweismitteln. Der Richter hat das abgesegnet."

„Außer Dreck findet ihr da gar nichts! Finde ich ja echt krass. Mal was anderes, Frau Kommissar. Finden Sie nicht, dass mit dieser Gesellschaft was nicht stimmt? Ihr nehmt euch da ganz schön was raus. Wenn ich Geld hätte, würde ich euch verklagen. Aber ich bin ja nur ein Niemand. Mit mir könnt ihr das ja machen. Macht, was ihr wollt, und lasst mich gehen. Ich will nur meine Ruhe. Ich weiß von keinem Mord. An niemandem. Schöner Mist, das alles."

Zur Verblüffung aller fing der Junge an zu weinen. Das Telefon klingelte. Die Durchsuchung war negativ gewesen.

Als Rebecca den Jungen an der Wache verabschiedete und sich bei ihm entschuldigen wollte, fragte sie ihn noch:

„Kannst du mir Namen von Personen nennen, die euch auf den Tod hassen? Gibt es jemanden in den Chatrooms, der über Todesfantasien schreibt?"

Ronny lächelte abschätzig.

„Frau Kommissar! Ich kenne die Menschen. Aber ich kenne keine Killer."

Er blickte Rebecca lange in die Augen.

„Ich sehe aber in Ihnen ein Geheimnis lauern, das Sie auffrisst."

Er ging. Ohne sich noch einmal umzudrehen, streckte er seinen rechten Mittelfinger in die Höhe.

2

Der Mann griff zur Schatulle. Öffnete sie. Entnahm die Briefe. Schloss die Augen. In seinem Traum drohten ihn dunkle Wände zu erdrücken. Sein Vater, der Gefallene, der Verratene. Es ist Krieg. Ein Schützengraben. Der Feind verwundet den Vater. Flehend recken sich blutige Hände nach ihm. Er sehnt sich nach einer harmonischen Kindheit. Die der Krieg einem jeden nimmt. Wacht auf im Höllenschlund.

Trotz allem, Bilder der Mutter an den Wänden. Er legte eine CD ein. Setzte sich an den Schreibtisch. Schloss die Augen. *Schubert*:

> *Vorüber! Ach vorüber! Geh wilder Knochenmann! Ich bin noch jung, geh Lieber! Und rühre mich nicht an! Gib deine Hand, du schön und zart Gebild! Bin Freund und komme nicht zu strafen. Sei guten Mutes! Ich bin nicht wild! Sollst sanft in meinen Armen schlafen.*

Er entspannte sich. Lächelte. Schrieb.

> *Geliebter Vater! Ich habe getötet! Ich werde töten!*
> *Ich spiele ein Spiel!*
> *Muss mich reinwaschen, von Mutters Sünde!*
> *Auf ewig Dein!*

Sie werden sein Spiel nicht verstehen. Und wenn sie kapiert haben, dass sie gegen ihn von Anfang an keine Chance hatten, würden sie frustriert die Aktendeckel schließen müssen. Sein erstes Opfer bereitete ihm diebische Freude. Die Arglosigkeit des Polizisten und seine Überraschung, die sich in den Augen widerspiegelte, als er seine Hände um seinen Hals legte. Als die Augen erstarrten, entließ die Lunge des Mörders einen tiefen Seufzer. Es werden weitere Tote folgen. Sie werden nur Mittel zum Zweck sein.

3

Rebecca lief durch die Stadt. Sie brauchte Ablenkung. Sie ging über die *Alte Mainbrücke.* Die Steinheiligen schauten ungläubig auf die Schweißlachen vor ihren Sockeln. Unterhalb der Festung angekommen, genoss sie den Blick auf die Stadt. Dem Fluss in seiner Fließrichtung zu folgen, hatte etwas Meditatives. Außer ein paar japanischen Touristen störte niemand den Spaziergang ihrer Gedanken.

Zurück im Treiben der Straßen, ging sie in den einzigen Plattenladen der Stadt, wo sie sich ab und an gebrauchte CDs kaufte. Sie mochte den Laden wegen der Authentizität und der Gewissheit, dass es zwischen dem zurechtgebogenen Mainstream noch etwas anderes gab. Alte Vinylplatten verkümmerten am Boden in Obstkisten.

Da passte es ins Bild, dass sie an einer Edelboutique vorbeigehen musste, in der ein T-Shirt den Kopf von *Jim Morrison* zeigte. 59 Euro. Rock 'n' Roll is dead!

4

Die Ermittler saßen bei beängstigender Abendhitze im Straßencafé. Ließen sich das Weizenbier schmecken. Rebecca wollte, dass sie sich nach der anstrengenden Büroarbeit eine Auszeit gönnten. Das Bier entfaltete bei den hohen Temperaturen Wirkung.

„Wir sollten die Welt um uns herum nicht ganz vergessen. Das, was da gerade im Irak passiert, ist sehr gefährlich und ich bin froh, dass sich die Bundesregierung da raushält. Ich habe echt Angst, dass sich der Krieg zu einem Flächenbrand entwickelt. Die Kollegen vom Staatsschutz sind schon sehr besorgt", äußerte sich Roland mit einem Stirnrunzeln.

Die beiden anderen zuckten mit den Schultern.

„Wir können daran eh nichts ändern. Wir sollten den Fokus weiterhin auf unseren Fall richten!", erwiderte Rebecca mit bestimmtem Unterton in der Stimme. Ihr Blick folgte der vorbeifahrenden Straßenbahn.

René atmete hörbar ein. Ein Schweißtropfen landete neben seinem Bierglas. „Die Amis holen halt wie immer die Kastanien aus dem Feuer, wenn die Europäer vor Angst unter dem Tisch kauern. Wie damals im Kosovo. Aber wie gesagt: Wir können eh nichts ändern und haben selbst genug Probleme. Prost!"

Die Gläser knallten aneinander. Sie bestellten noch eine Runde.

„Was mir aber wirklich Sorgen macht, Jungs, ist die Tatsache, dass wir in unserem Mordfall an Langner keinen Millimeter vorwärtskommen. Die Spurensuche ums Toilettenhäuschen herum, das Tauchen der Wasserschutzpolizei im Main. Alles umsonst. Das Schweigen im Milieu. Wahnsinn! Irgendwas muss es geben, das wir übersehen haben. Die einzige Spur ist das Spermasekret und dieser blöde Zettel. Die Abgleiche in den Datenbanken gingen ins Leere. Bin mal gespannt, wann ich das erste gröbere Gespräch beim Chef habe."

„Hast du mal daran gedacht, dass der Mörder auch ein Kollege sein könnte? Ich weiß, es ist weit hergeholt. Aber wir sollten in alle Richtungen denken. Ihr wisst schon, so ein Typ, der sich ungerecht behandelt fühlt. Gäbe ja bei der Polizei Gründe genug, findet ihr nicht?"

„Glaube ich nicht. Dafür gibt es kein einziges Indiz. Das ist mir zu weit hergeholt. Entschuldige, René. Ich halte das zum jetzigen Zeitpunkt für ausgeschlossen. Wir haben die Familienverhältnisse sondiert. Negativ. Die Kollegen bei der Bereitschaftspolizei sagten, Langner hatte keine Streitereien und keinen Neid von Kollegen zu befürchten. Bei den jungen Auszubildenden war er sehr beliebt. Nein! Vergiss es!"

„Die Diskussion bringt uns auch nicht wirklich weiter. Lasst uns noch ein Bierchen trinken. Ich gebe eine Runde aus."

„Na, das ist doch ein Wort. Genau, lasst uns mal den Kopf freibekommen. Alkohol, ein guter Freund! Wir stehen eh da wie Die drei *???*. Ist euch eigentlich aufgefallen, dass wir alle in unseren Vornamen den gleichen Anfangsbuchstaben haben?"

„Die ahnungslosen dRei. Stimmt!"

„Ich stelle mir gerade vor, ich bin in der Karibik. Weißer Sand. Das Meer umspült meine Füße und …"

Alle lachten. „René, halt die Klappe! Prost!"

5

Rebecca stand vor dem Spiegel. Ihre Augen irrten über die Haut auf der Suche nach den dunklen Flecken. Sie berührte ihren Hals, ihre Brüste, ihre Achseln. Nichts. Noch nichts.

Sie erfuhr es nach der letzten Blutspende. Ihr Immunsystem hatte verrückt gespielt. Grippeartige Schwächeperioden veranlassten sie, sich genauer untersuchen zu lassen. Nachtschweiß durchnässte ihre fiebrigen Träume. Ihre Lymphknoten am Hals waren angeschwollen. Ihr Körper hatte den Kampf gegen die HI-Viren begonnen und Rebecca nicht informiert. Sie hatte zunächst an eine Grippe oder einen Magen-Darm-Infekt gedacht. Doch dann wurde ihr, als sie vor Angst im Internet recherchierte, bewusst, dass sie das HI-Virus in sich trug.

Rebecca hatte Angst vor Vereinsamung, vor dem Alleingelassen-Werden. Angst, missverstanden zu werden, Freunde zu verlieren. Welche Zukunft hat man mit HIV?! Die Zeit war noch nicht reif, sich zu outen. Die Medikamente, die sie bekam, rührte sie in Schokopudding, um dem Geschmack zu entfliehen.

Immer wieder versuchte sich Rebecca das Unbegreifliche begreiflich zu machen. Klar war sie selbst schuld an ihrer Misere. Ihr Leben fand zu diesem Zeitpunkt auf der Überholspur statt. Die Karriere bei der Polizei fest im Blick und dann: einfach nicht aufgepasst. AIDS? Sie doch nicht! Manchmal, wenn ihr Spiegelbild ihr wieder einmal Vorwürfe machte, hasste sie sich für ihre Naivität. Und den Kollegen konnte sie sowieso nichts davon erzählen. Die würden sich die Mäuler zerreißen. Wieso sprachen eigentlich alle von AIDS? Sie trug das HI-Virus in sich. Das hieß aber noch lange nicht, dass die Krankheit ausbricht. Es genügte ihr schon, dass ihr dieser Umstand genug Angst machte. Die Entwicklung war positiv zu bewerten, sagten zumindest die Ärzte. Ihre Viruslast war nicht nachweisbar und die Helferzellen waren unter tausend. Glück gehabt? Nein, danke!

Wenn man erfährt, dass man so eine Krankheit in sich trägt, macht man die verrücktesten Dinge: Rebecca ging, obwohl mit ihrer Kirche auf Kriegsfuß, eines Tages in den Dom. Sie entzündete eine Kerze. Dann kniete sie sich in eine Kirchenbank und betete: ‚*Lieber Jesus, ich bitte dich, dass meine Krankheit irgendwann geheilt werden kann und dass ich eine gute Zukunft habe.*'

Ihr Ehrgeiz half ihr, die aufkommenden Depressionen in Schach zu halten, die Seelenpein von sich wegzuschieben. Rebeccas übermäßiges Arbeitspensum blieb ihren Chefs nicht verborgen. Die interessierte ihr Privatleben eh nicht. Wenn sie sehr gute Mitarbeiter protegieren, sonnen sie sich gerne in deren Glanz. Ihr Karrieresprung sorgte für Unmut bei den Kollegen an der Basis. Rebecca war nicht bei jedem beliebt. Sie kompensierte ihre Ängste, indem sie zwanghaft Einsätze an sich riss und tadellose Sachbearbeitung ablieferte. Sie scheute sich auch nicht ihre Ellenbogen einzusetzen, wenn sie es für notwendig hielt. Hinter vorgehaltener Hand warfen ihr die Kollegen krankhaften Ehrgeiz vor.

Wenn sie sich vom Leben verabschieden sollte, dann wollte sie vorher noch nach ganz oben. Sie wurde jüngste Kriminaloberkommissarin der Region. In Gedanken sah sie sich schon als Nachfolgerin Rufers. Es war ihr egal, was andere dachten, vor allem dann, wenn ihr der Arzt mal wieder erklären musste, dass die Leberwerte bedenklich hoch waren. Das ist auch kein Wunder, dachte Rebecca, bei all den Chemiebomben, die ich in meinem Körper abwerfe.

Der Tod war ihr gleichgültiger geworden. Sie hatte ihn aus ihren Träumen verbannt, soweit es ihre Psyche zuließ.

Und jetzt stand sie vor dem Spiegel und dachte sich, wie konnte man nur so blöd sein und sein Leben, seine Zukunft, für Sex riskieren.

Im Spiegel sah sie, wie ihre Tränen das Glas hinabrannen.

6

Die Mutter floh mit ihrer Tochter zurück nach Deutschland, als sie die eheliche Gewalt nicht mehr aushielt. Rebecca war damals sechs Jahre alt und verstand die Welt nicht mehr. Sie hatte ihren Vater als liebevoll in Erinnerung. Die Erzählungen der Mutter hielt sie lange für Märchen. Die Zuneigung ihrer Mutter, die so vieles damit versuchte zu kompensieren, drohte sie zu ersticken. Dennoch blieb ihr nichts anderes übrig, als sich mit dem Umstand, Kind einer Alleinerziehenden zu sein, zu arrangieren. Ihre schulischen Leistungen waren tadellos. Lernen war der Kondensator für den Verlust des Vaters, zu dem sie keinen Kontakt haben durfte.

Als sie vierzehn Jahre alt war, gab es in der Schule einen Thementag, Schwerpunkt: Polizei. Sie träumte nachts davon, sie sei *Superwoman*, die die Welt vor Verbrechern schützt. Vor allem solchen, die Gewalt in die Familie brachten. Immer wieder tauchte die Szene auf, die sie nicht aus ihrem Gedächtnis löschen konnte. Sie tappte als Fünfjährige, ahnungslos, in die Küche, um sich ein Glas Wasser zu holen. Sie sah mit aufgerissenen Augen, wie ihr Vater der Mutter mehrmals ins Gesicht schlug. Er schrie sie an, dass ihm der Sabber aus dem Mund regnete. Die Erwachsenen hatten sie überhaupt nicht wahrgenommen. Sie rannte in ihr Zimmer. Warf sich aufs Bett. Ihre Tränen versickerten im Kopfkissen, ohne dass sich jemand um sie gekümmert hätte. Sie zuckte zusammen, als die Wohnungstür mit einem Knall ins Schloss geworfen wurde. Sie traute sich stundenlang nicht aus dem Raum.

Sie brach das Gymnasium ab, weil sie nicht studieren wollte. Sie wollte nicht ihre Zeit auf einer Universität mit all den Langweilern verbringen, die später Vaters Geld ausgaben und sich in bereits gemachte Nester setzen würden.

Sie bewarb sich bei der Polizei und wurde Lehrgangsbeste. Sie wollte sich alleine behaupten. In einem Männerberuf zeigen, dass Frauen auch was taugen. Sie wollte wissen, wie Menschen ticken. In all ihren Facetten. Außerdem interessierte sie das Böse.

7

Am 27. Juli, morgens gegen 10 Uhr, wurde in der Sonnenstraße 5, im zweiten Stock, die Leiche eines Mannes gefunden. Seine Mutter, die ihm Kuchen bringen wollte, fand ihn tot im Bett liegen. Die Augen weit geöffnet. Auch der Mund. Auf dem Fußboden davor lagen ein angeschwärzter Löffel, ein Gummischlauch und eine Spritze. Es sah nach einer Überdosis aus.

Die Ermittler waren geschockt, als sich herausstellte, dass der Tote, Stefan Schöninger, ein Kollege war. René ging erst mal nach draußen, um eine zu rauchen. Roland atmete noch einmal tief durch, bevor er sich umzog, um sich an die Tatortbesichtigung zu machen. Dann spulten sie routiniert ihr Programm ab.

Die Mutter war noch in der Wohnung. Rebecca bat sie in die Küche, um ihre Vernehmung zu beginnen. Roland schaltete den Fernseher aus, der fröhliche Botschaften auszusenden versuchte. Das Bild fiel in sich zusammen.

Einen Kaugummi schmatzend, fotografierte René das wächserne Antlitz des Toten.

In der Wohnung fand sich kein Hinweis, der darauf hätte schließen lassen, Schöninger sei ein Dealer gewesen. Keine Drogen. Keine Waagen. Keine höheren Geldbeträge. Auch die Hunde schlugen später nicht an. Warum dann ein Drogentod?

„Wissen Sie, was ich überhaupt nicht begreife? Ich weiß auch gar nicht, ob ich Ihnen das erzählen soll. Ob es wichtig für Sie ist. Mein Stefan ..."

Frau Schöninger stockte, weil ihr die Tränen den Satz unterbrachen. Rebecca reichte ihr ein Küchentuch.

„Mein Stefan ist ein guter Mensch. War ein guter Mensch."

Wieder schluchzte sie laut auf. Rebecca biss sich in die Haut ihrer linken Wange. Diese Situationen machten sie immer wieder fertig. Menschen, die gerade ihr Liebstes verloren hatten, mussten Rede und Antwort stehen. Wie eine Maschine. Aber vielleicht verloren sie durch das Reden ein wenig von ihrem Schmerz.

„Stefan ging zur Polizei, weil mein Mann das so wollte. Als er siebzehn war, hatte er Kontakte zur Drogenszene in der Zellerau. Nur weiche Drogen. Hasch. Mein Mann stellte ihm ein Ultimatum. Entweder hörte er damit auf, oder er könne seinen Krempel packen und würde rausgeschmissen. Ich bin der Meinung, er hatte damals falsche Freunde. Mein Mann und mein Stefan, Gott sei ihrer Seele gnädig. Beide jetzt vereint zu wissen, ist ein kleiner Trost, Frau Rust. Verstehen Sie das?"

Rebecca nickte stumm.

„Mein Mann hatte Kontakte in die oberste Polizeiführung. Herr Wiegand hat sich dafür eingesetzt, dass Stefan die Prüfung zum Polizisten machen durfte. Er hatte ja noch keine Vorstrafen. Sie kennen Herrn Wiegand?"

Und ob sie ihn kannte. Leiter der Polizeidirektion. Arrogant! Behandelte die Kollegen von oben herab. Ein Blender. Kein Straßenköter. Schreibtischtäter. Typ Weiberheld, und wenn er zu ihr ‚Meine Liebe' sagte, mochte sie ihm am liebsten eine reinhauen.

„Ja, ich kenne Herrn Wiegand. Nicht näher. Ein Vorgesetzter, wissen Sie."

„Herr Wiegand ist ein netter Mann. Na ja, auf jeden Fall haben wir es ihm zu verdanken, dass aus unserem Sohn etwas Anständiges wurde. Und glauben Sie mir, Frau Rust, es ging eine Wandlung in ihm vor. Er blühte auf, war freundlich und hilfsbereit. Und – ich glaube, er hatte seit kurzem auch eine Freundin. Ich glaube nicht, dass Stefan sich selbst umbrachte. Irgendjemand hat ihn getötet. Ich weiß nicht, warum. Wer kann so etwas tun, Frau Rust? Mein Stefan würde sich nie umbringen. Dafür liebte er das Leben viel zu sehr. Bitte, Frau Rust, finden Sie die Wahrheit heraus. Sonst finde ich keine Ruhe."

Sie blickte zu Boden und schwieg.

Es klopfte an der Küchentür. Rebecca stellte das Diktiergerät ab.

Rolands Gesicht blickte durch den Türspalt und verriet Verblüffung und Aufregung. Rebecca entschuldigte sich und stand auf.

Im Flur zeigte ihr Roland ein Plastiktütchen, in dem ein Zettel steckte:

TÖTE

8

Professor Schwacke hatte Kaffee eingegossen. Langsam wurde es ein Ritual, wie René anmerkte.

„Ihre Fälle werden immer skurriler. Ich beneide Sie nicht. Der zweite Polizist in kurzer Zeit. Da kann einer Ihre Kollegen aber gar nicht leiden. Sie haben es mit einem Psychopathen zu tun. Wenn Sie mich fragen. Aber zunächst zum medizinischen Teil. Klassische Überdosis. Ein goldener Schuss sozusagen. Aber nicht selbst beigebracht. Das Opfer hatte Chloroform in der Lunge. Wurde bewusstlos gemacht, und dann hat der Täter in aller Ruhe den Schuss gesetzt. In der Folge ist das Opfer dann verstorben."

„Und wir Idioten finden einfach nicht die richtige Spur", dachte Roland.

Der Ventilator an der Decke schleuderte die stickige Luft durch den Raum. Sie vereinigte sich mit dem heißen Kaffeedampf.

Bevor sie in ihr Büro fuhren, machten sie Halt im *Uni-Café*. Sie tranken ein kühles Bier. René rülpste.

„Wir haben jetzt zwei Zettel. ICH und TÖTE. Das heißt meiner Meinung nach, dass der Täter sich zu seinen Taten bekennt. Ich folgere, dass wir es mit einem Serienmörder zu tun haben, wie der Herr Professor auch schon bemerkte!"

Roland entgegnete. „Mir fällt es schwer, dir Recht zu geben, René, aber es gab wieder keine Interpunktion hinter dem Wort. Ich befürchte auch, dass das noch nicht das Ende ist."

Rebecca trank einen tiefen Schluck.

„Der Mörder könnte eine Beziehung zu den Opfern gehabt haben. Vielleicht sollten aber auch wir die Zettel finden. Mit Absicht. Die Opfer sind nur Mittel zum Zweck. Aber ich glaube, Renés Theorie ist gar nicht so weit hergeholt. Wir müssen nach Gemeinsamkeiten der Toten suchen."

„Na, die haben wir doch schon. Beide sind Polizisten."

„Waren."

„Was?"

„Waren Polizisten."

„Schon gut. Es muss noch mehr geben. Denkt dran, wir haben noch keine verwertbaren Spuren. Worst-Case-Szenario! Ich denke, die Presse kriegt jetzt auch Wind davon. Wird sich nicht vermeiden lassen. Unangenehme Geschichte, das", äffte Roland seinen Chef nach.

„Also Leute, ich gehe heute noch zu Rufer, und wir werden Wiegand nicht außen vor lassen können."

„Du Ärmste. Kannst einem leidtun."

„Ich werde beide bitten, uns die Presse vom Leib zu halten.

‚Serienmörder in Würzburg'. Das wird auf uns zukommen, Leute. Wir bilden eine Soko. Alleine schaffen wir das nicht mehr. Ich denke, dass wir alle Anzeigen und Ordnungswidrigkeiten, die die beiden jemals bearbeitet haben, durchforsten müssen. Gab es Beschwerden? Bedrohungen? Mit Staatsanwalt Bohm rede ich auch noch. Ich denke nicht, dass er uns blockieren wird. Ach Roland, wo fandest du den Zettel bei Schöninger?"

„Wieder in der geschlossenen Hand."

Bevor Rebecca am folgenden Tag das Büro von Rufer betrat, zerbiss sie ein Pfefferminzbonbon.

Wiegand fläzte in einem Ledersessel, vor sich eine Tasse Tee. Trotz der Hitze hatte er eine perfekt sitzende Uniform mit Jackett an. Kein Tropfen Schweiß rann an ihm herab. Es war nahezu körperlich zu spüren, dass Rufer Wiegand nicht ausstehen konnte. Er ein Pragmatiker und Wiegand ein Sesselpupser erster Güte. Trotzdem sah er toll aus mit seinen graumelierten Haaren und der immer perfekt sitzenden Uniform mit Bügelfalten in der Hose. Die Hände waren gepflegt. Sicherlich ließ er sie bei einer Maniküre behandeln. Die Nägel waren sauber geschnitten. Eine glatt rasierte Haut schimmerte im Sonnenlicht, das ins Büro einbrach.

„Gut, dass Sie da sind. Die Pressekonferenz beginnt in einer Viertelstunde. Wie die das mitbekommen haben, dass unser Verein das zweite Opfer zu beklagen hat, weiß ich nicht. Auf jeden Fall ist jetzt erst mal Schadensbegrenzung angesagt, damit Sie in Ruhe Ihrer Arbeit nachgehen können, Frau Rust. Ich mache das schon für Sie. Meine Güte, sind das unangenehme Geschichten."

„Ich habe leider keine Neuigkeiten für Sie. Wir werden eine Soko bilden, das Übliche. Fallanalytiker vom LKA brauchen wir, denke ich, noch nicht. Ich bitte Sie, mir nur die Akten zu überlassen von den Kollegen und Kolleginnen, die schon mal im Dienst Disziplinarstrafen erhielten. Sie sind entweder gefährdet oder verdächtig. In die Richtung müssen wir leider auch denken."

Wiegand mischte sich ein.

„Meine liebe Frau Rust. Sie wissen, dass wir viel Vertrauen in Sie stecken. Sie sind hervorragend ausgebildet. Auch mit unserem Wohlwollen. Vergessen Sie das nicht. Und übrigens: Reparieren Sie doch mal Ihr Rücklicht. Sie sind Polizistin. Und somit immer ein Vorbild. Und jetzt entschuldigen Sie mich, ich habe einen Termin beim Blutspenden. Man verleiht mir heute eine Ehrennadel."

Er lächelte ein schmieriges Lächeln. Wiegand. Sie könnte ihm eine reinhauen.

Rufer blickte Wiegand irritiert hinterher. Ließ er jetzt tatsächlich die Pressekonferenz sausen? Wegen eines Blutspendetermins? Rufer verstand die Welt nicht mehr. Wird er eben mit Bohm die Sache schaukeln müssen.

Die achtköpfige Sonderkommission saß am großen Tisch im Besprechungsraum. Rebecca schloss den PC am Beamer an und projizierte Fakten und Aufträge an die Leinwand. Obwohl sie das persönliche Umfeld der Toten und die Nachbarn nach auffälligen Personen und Fahrzeugen befragt hatten, wollte oder konnte niemand etwas gesehen haben. Dennoch schickte sie ein Team los, nochmals die gleichen Fragen zu stellen. Und sie sollten kein Haus, keine Bäckerei, auch keinen Kindergarten auslassen.

Eine Fliege rotierte hilflos um die eigene Achse und versuchte verzweifelt, die Fensterscheibe zu durchdringen. René überlegte, wie doof doch Mücken seien, und erschlug sie mit seinem vor ihm liegenden Notizblock.

„Aktenführung! Kollegen, ich lege größten Wert auf Aktenführung. Alles, was ihr ermittelt, was euch berichtet wird, haltet ihr bitte gerichtsverwertbar schriftlich fest. Gerichtsverwertbar, das ist wichtig. Und wenn euch Gedanken plagen, die euch nicht in Ruhe lassen, die ihr nicht aufschreiben wollt oder könnt. Kommt bitte unverzüglich zu mir oder zu Roland.

Und noch etwas: Das einzige Bindeglied zu Rufer beziehungsweise Wiegand bin ich. Keiner von euch geht selbstständig zu einem der Chefs. Ist das klar?"

Die angesprochenen Kollegen nickten eifrig.

„Kollegen, wir haben uns entschlossen, eine Soko einzurichten, weil wir zwei tote Polizisten zu beklagen haben. Es gibt zwei Hinweise. Zwei ominöse Zettel mit der Aufschrift ICH und TÖTE, die bei den Opfern gefunden wurden. Wir gehen von ein und demselben Täter aus. Was uns fehlt, ist das Motiv. Also machen wir unsere Arbeit. Suchen die Nadel im Heuhaufen. Wo ist die Verbindung? Durchwühlen wir das Leben der Opfer. Viel Glück!"

Rebecca kraulte *Ferdinand* den Rücken. Angenehmes Schnurren ertönte aus dem samtweichen Körper. Sie legte eine CD in das Schubfach. Natalie Merchants *Tigerlilly*. Beruhigend. Ihre Haut klebte am Sofa. Nach dem Ende der Musik begab sie sich unter die Dusche und ließ kaltes Wasser auf sich niederregnen.

Es war kurz nach 19 Uhr.

Rebecca lief beschleunigt auf das Dom-Café zu, da sie zunächst keinen Parkplatz gefunden hatte und ihre Mutter nicht lange warten lassen wollte. Sie zwängte sich an zwei korpulenten älteren Damen vorbei, die mit Genuss einen Eisbecher verzehrten. Die Autoschlüssel noch in der Hand, streifte sie einen Stuhl, auf dem ein junger Mann saß, die Sonnenbrille ins Haar geschoben. Sein trauriger Blick hing in der Außenfassade des Domes fest.

„Hallo, Mama. Maria, bitte entschuldige die Verspätung, ich …"

„Warst du je pünktlich? Ach Rebecca, ich kenne dich doch so lange. Ich habe damit gerechnet. Wie geht es dir? Du siehst abgearbeitet aus. Hast du mit diesen Morden an deinen Kollegen zu tun? Ich hoffe doch nicht. Ich wusste schon immer, das ist kein Beruf für dich."

„Doch, Mama. Ich habe damit zu tun. Und ich habe alles im Griff. Es ist nur die Hitze und … du siehst gut aus. Ein wenig zu viel Make-up. Du glänzt wie ein Kinderpopo."

„Ach, wie charmant meine Tochter doch ist. Da sieht man sich nach Wochen wieder und dann werden gleich ein paar Nettigkeiten ausgetauscht. Ich komme frisch von der Kosmetikerin. War nicht billig. Gönne es deiner alten Mutter einfach, ja!“

Maria Rust war dreiundsechzig Jahre alt und sah noch sehr gut aus. Das Haar fiel blond und lang auf ihre Schultern. Ihre dünne Oberlippe verhinderte einen zu sinnlichen Mund. Nach der Trennung von ihrem Mann und der Erziehung ihrer Tochter fiel sie in Depressionen, von denen sie sich aber lösen konnte. Sie begann, ein egoistisches Leben zu führen. Ihre Tochter hatte darin nur sporadisch Platz. Die Überspanntheit ihrer Mutter war für Rebecca meist anstrengend, und irgendwie war sie froh, wenn jeder wieder seines Weges ging.

„Jetzt sind schon über 20.000 Menschen an dieser Hitze in Europa gestorben. Schrecklich, nicht? Herrn Wörtmann, meinen Nachbarn, haben sie auch tot aus der Wohnung getragen. Der Kreislauf. Herr Wörtmann, weißt du, Kindchen? Der dir immer Schokolade schenkte, als du klein warst.“

„20.000 Tote. Und wir jagen einen Mörder, der zwei Tote zu verantworten hat. Die Hitze ist der eigentliche Killer. Wer jagt die eigentlich?“, dachte Rebecca.

„Ich mache mir ein wenig Sorgen um dich, Kindchen. Du siehst so bedrückt aus. Stimmt was nicht?“

„Wie gesagt. Gerade ein wenig Stress im Job. Und außerdem habe ich gerade mal wieder einen Typen rausgeschmissen. Aber du musst dich nicht aufregen. Alles im Lot, Mama.“

Rebecca hatte ihrer Mutter von ihrer Krankheit kein Sterbenswörtchen erzählt. Sie wollte sich gar nicht ausmalen, wie sie reagieren würde. Vorwürfe, Anrufe, zu welchem Spezialisten sie gehen solle, und so weiter. Aber auf ihre Psyche würde ihre

Mutter bestimmt keine Rücksicht nehmen. Also entschied sie, eben nichts zu sagen.

Als sie ihre Mutter wortlos ansah, fiel ihr auf, dass aus der Handtasche ein Stück Fell lugte.

„Mama! Maria! Was ist das da in der Tasche?"

„Ach, Kindchen, nichts. Da ist doch nichts."

Sie versuchte, die Tasche unter ihrem Arm zu verstecken.

„Mama! Was ist das?!"

„*Cindy*."

„Was?!"

„*Cindy*. Hat wohl auch die Hitze nicht vertragen. Lag dann einfach tot in der Küche. Da habe ich sie zum Präparator getan. Der hat mir dann ihr Fell gegerbt, und jetzt habe ich es immer bei mir. Als Erinnerung an was wirklich Liebes. Mein kleiner süßer Putzidackel. So, jetzt muss ich aber los. Ich bin mit Christa verabredet. Wir gehen ins Theater. Hat mich gefreut, dich mal wieder gesehen zu haben. Tschüss, mein Schatz. Nimm dir nicht alles so zu Herzen. Die Rechnung übernimmst du? Danke!"

Putzidackel. Sie hatte doch tatsächlich Putzidackel gesagt. Rebecca blickte sich um, aber niemand schien von ihrem Gespräch Notiz genommen zu haben.

Am Ende der Woche, freitagmorgens, 10 Uhr, saßen fünfzehn männliche Beamte im Lehrsaal der Kriminalpolizeiinspektion. Manche witzelten, andere streckten gelangweilt die Füße von sich. Ein Teil musste aus der Freizeit kommen, was für die Wichtigkeit sprach.

„Wir werden jetzt wohl sofort befördert“, feixte die Meute.

Rebecca betrat den Raum und ignorierte die Blicke, die sich an ihren Hintern hefteten.

„Guten Morgen, Kollegen. Danke, dass ihr gekommen seid. Wir haben die schwierige Aufgabe, einen Mörder zu finden, der sich unseresgleichen als Opfer ausgesucht hat. Wir wissen momentan nicht, wohin die Reise führt. Sicher ist, dass beide Opfer Unregelmäßigkeiten in ihrer Vita aufweisen. Das eine handelte in seiner Jugend nicht ganz gesetzmäßig, das andere war schwul. Dies könnte dem Täter nicht in sein sauberes Weltbild passen. Um es gleich vorwegzunehmen: Wir haben die Akten und Anzeigen bezüglich Polizistenhassern und fiesen Schreiberlingen bei uns und der Staatsanwaltschaft abgeglichen. Es waren gar nicht so viele. Einige der Wirrköpfe sind verstorben, andere zu alt oder haben ein wasserdichtes Alibi. Wir können nicht ausschließen, dass der Mörder aus dem direkten Umfeld der Toten kommt. Das heißt, eventuell ist er auch in unseren Reihen zu suchen.“

Im Saal machte sich Unruhe breit.

„Ihr spinnt doch!“

„Nein. Wir spinnen nicht. Meine Herren, Sie sind potenzielle Opfer und Tatverdächtige zugleich. Handeln Sie aufmerksam. Beobachten Sie Ihre Umgebung genau. Auch wir werden ein Auge auf Sie haben.“

„He, Rust, das ist ’ne Frechheit. Uns einfach so zu verdächtigen, nur weil wir mal Scheiße gebaut haben. Das ist auch schon vergolten. Zweimal sogar. Diszi- und Strafverfahren. Ihr habt ja wirklich einen kompletten Vogel! Uns Morde anhängen zu wollen. Das ist ein starkes Stück. Scheiß-Kripo. Nestbeschmutzer!

Man sollte Weiber nicht zur Polizei lassen. Das ist der Anfang allen Übels! Hab ich schon immer gewusst!“

Sie ahnte, was über sie hereinbrechen würde. Das Vorgehen war mit Rufer abgesprochen. Sie musste provozieren.

Vielleicht wagte sich jemand aus der Deckung.

9

Der Mann zog sich die Handschuhe an. Jeden Finger versteckte er einzeln in der ledernen Haut. Er verschränkte die Hände und ließ die Knöchel hörbar knacken. Er prüfte sein Bild im Spiegel. Nickte sich zu und verließ die Wohnung.

Als er in seinem Sportwagen saß, machte sich sein Magen bemerkbar. Der Schmerz ließ sein Gesicht nervös zucken. Ein bitterer Geschmack stieß ihm auf. Angewidert wanderte sein Blick zum Rückspiegel. Die rechte Hand legte den Rückwärtsgang ein. Durch die engen Straßen der Stadt schob sich der Wagen wie eine Larve, die im Kompost lustwandelt. Erst auf der A 3 beschleunigte der Mann das Geschoss auf vier Rädern in die 200-km/h-Zone. Es war nach 22 Uhr. Die Autobahn war ausnahmsweise frei. Die endlose Schlange der Lkws hatte sich zum Regenerieren in die asphaltierten Nester zurückgezogen. Der Sportwagen raste ins Schwarz des Spessarts.

Chantal, die im echten Leben Christine Krüger hieß, knöpfte sich den obersten Hemdknopf zu. Sie zog die grüne Krawatte gerade. Das Hemd mit dem Abzeichen hatte ihr der Kunde mitgebracht. Vor dem hatte sie immer ein wenig Angst. Der Instinkt verriet ihr, dass mit diesem eitlen Typen etwas ganz und gar nicht in Ordnung war.

Es war kurz vor 23 Uhr, als das Klingeln sie aufforderte, nochmal ihr Äußeres zu prüfen. Sie presste die Lippen aufeinander, um den Lippenstift gleichmäßig zu verteilen. Sie nahm die weiße Mütze mit dem Stern und dem bayerischen Wappen, die sie auf Geheiß des Freiers tragen musste, und setzte sie akkurat auf ihre kurzgeschnittenen Haare. Sie lächelte, als sie in den Spiegel salutierte, ging zur Tür und betätigte den Öffner.

Der Mann stand vor ihr, gutaussehend und seriös. Er musterte sie von oben nach unten und nickte gönnerhaft.

„Guten Abend, Chantal." Sein Lächeln war das eines Hais.

Er zog seine Geldbörse aus der Jackentasche, entnahm 200 Euro, um die Scheine auf einen kleinen Tisch in der Mitte des Raumes zu legen.

„Wie immer?", fragte Chantal, wie sie schon tausende Male in ihrem Hurenleben gefragt hatte. Sie hatte sich eine Zigarette angezündet.

„Wie oft habe ich schon gesagt, dass ich es nicht wünsche, dass geraucht wird, wenn ich bei dir bin?" Angewidert ließ der Mann seinen Blick durch den Raum gleiten.

„Cognac?", flüsterte Chantal schüchtern.

„Ja, gut."

Sie stießen mit ihren Gläsern an und blickten einander kurz in die Augen. Dann kippten sie den Inhalt mit einem Schluck in ihre Kehlen.

„Wie immer?"

Chantals Stimme erstickte, als ihr der Mann unvermittelt mit seiner behandschuhten Hand flach ins Gesicht schlug. Chantal riss die Augen auf, wollte schreien, aber der Schrei verkantete sich in ihrem Körper. Erstarrt vor Schreck traf sie der nächste Hieb. Ein Blutfaden rann aus dem rechten Mundwinkel und tropfte auf das Uniformhemd. Die Polizeimütze war seitlich vom Kopf gefallen und rollte vor den Fernseher, in dem lautlos ein Porno lief.

„Bitte nicht ins Gesicht!", flehte Chantal.

„Knie dich hin!", befahl der Kunde.

Sie tat wie ihr befohlen, und nestelte vor Verzweiflung und aufkommender Panik am Reißverschluss der Hose des Mannes. Der Kunde rammte ihr das Knie gegen das Kinn. Sie spürte noch den Schmerz aufeinanderprallender Zähne. Dann kippte sie ohnmächtig nach hinten.

Der Mann sah die Frau angewidert an. Er stellte sich breitbeinig über ihren ohnmächtigen Körper. Er öffnete seinen Reißverschluss. Dann urinierte er auf das Hemd der Frau. Seine Pisse drang in den bambusfarbenen Stoff ein und verursachte einen dunklen Fleck. Er schüttelte den letzten Tropfen ab, griff an seine Börse und entnahm einen weiteren 100-Euro-Schein. Er warf ihn vor Verachtung auf den Flokati-Teppich. Dann schloss er die Tür sachte hinter sich. Mit 120 km/h kroch der Sportwagen in Richtung Würzburg. Und während der ganzen Fahrt hatte der Mann ein zufriedenes Lächeln im Gesicht.

Als Christine Krüger mit dröhnendem Schädel erwachte, kroch sie demütig ins Bad und begab sich unter die Dusche. Als sie sich ihrer Kleider entledigte und angewidert feststellte, was der Dreckskerl ihr angetan hatte, zweifelte sie kurz an ihrem Tun. Die Wasserstrahlen der Dusche wuschen ihre Gedanken jedoch in den Abfluss. Denn das luxuriöse Leben, das sie sich leisten konnte, wollte sie sich dann doch nicht nehmen lassen.

10

1–2–3–4–5–6–7, in der Schule wird geschrieben, in der Schule wird radiert, bis der Lehrer explodiert. Lehrer muss ins Krankenhaus, streckt den Arsch zum Fenster raus. Unten steht ein Polizist. Kriegt die Scheiße ins Gesicht."

Klatsch – René knallte seiner pubertierenden Tochter Sabine eine auf die Wange, dass es laut knallte. Das Mädchen schrie spitz auf, trampelte mit den Füßen auf den Boden und rannte heulend die Treppe hoch in ihr Zimmer. Der Sonntag war gelaufen.

„Ich muss mich nicht immer provozieren lassen, Anna. Ich habe den Kopf voll mit unseren Fällen. Da hat meine Tochter nicht das Recht, mich so zu verarschen. Kann ich nicht wenigstens am Sonntag mal meine Ruhe haben? Eine harmonische Familie, so wie andere auch, das wünsche ich mir."

„Tja, René. Eine harmonische Familie wie andere auch. Bist du dir da so sicher, dass andere Familien nicht auch Probleme haben? Du hast nun mal eine pubertierende Tochter. Da kannst du dich nicht so gehen lassen! Verdammt nochmal! Sei doch froh, dass wir mit den anderen beiden keine Sorgen haben. Du hast ein Problem mit dir selbst, René."

„Ja, ja, ist ja klar, dass ich jetzt wieder der Schuldige bin. Fandest du das etwa in Ordnung, dass mich Sabine so verletzt hat?"

„Mein Gott! Bist du sensibel geworden. Jetzt lass die Kirche doch mal im Dorf! Sabine zu schlagen, ist ein starkes Stück, René. Ich bitte dich, dass du dich bei ihr entschuldigst. Jetzt sofort!"

„Ich denke gar nicht daran!"

Anna stand auf und räumte den Frühstückstisch ab.

Wortlos ging René aus dem Haus. Er ließ das Pulverfass hinter sich und fuhr hoch in die Weinberge. Aus dem Pavillon hinter der Steinburg blickte er auf die Stadt, die gerade im Begriff war, ihren Kessel aufzuheizen. Er war jetzt einundfünfzig Jahre alt. Hatte seine Frau nie betrogen. Hatte keine Freundin, wie viele Kollegen in seinem Alter. Jüngere Frauen. So ein Quatsch, dachte er, gibt früher oder später nur Probleme. Die Mädchen merken, dass die alten Säcke irgendwann anfangen zu riechen, und dann scheißen sie auf das Geld und das bisschen vermeintliche Geborgenheit, das ihnen die seriösen Herren bieten. Nein, auf diese Art von Leben hatte er keine Lust. Klar ertappte er sich dabei, dass er der jungen polnischen Putzfrau auf ihre großen Brüste starrte. Er fand sogar ihren Akzent bezaubernd und flirtete mit ihr auf, wie er fand, angenehme Weise. Die Hitzewallungen und Schweißausbrüche, vor allem nachts, machten ihm Sorge. Er versuchte, mit Sport dagegenzuhalten, aber die Knochen taten jedes Mal weh. Positiv war nur, dass er sein Gewicht im Zaum halten konnte. Er spürte die Wechseljahre. Das war eindeutig. Wieso wurmte es ihn eigentlich, dass seine Chefin mit Roland so gut auskam? Klar, er hatte manchmal eine zu große Klappe. Aber er machte seine Arbeit, und keiner konnte so gut fotografieren wie er. War schon so manches Detail auf seinen Abzügen zu entdecken gewesen, was die Spurensicherung übersehen hatte.

Sein Blick glitt in die Ferne, in eine ungewisse Zukunft.

Unsicher kroch er am Abend unter seine Bettdecke. Im Dunkeln nahm Anna seine Hand. Er hatte die Augen offen. Starrte an die Zimmerdecke. Tränenflüssigkeit sammelte sich an den Lidern.

„Was ist nur los mit dir? Ich liebe dich doch. Liebst du mich denn noch? René?"

Er hasste diese Frage. Blieb stumm. Die Schulden. Das Haus. Urlaubssperre. Das Studium der Großen. Als Polizist bist du nicht mal Mittelstand. Gehörst zur unteren Kaste der Gesellschaft. Traurig. Und dann drei Gewerkschaften, die sich gegenseitig ausspielen. Sehr traurig. Veränderung für sie beide. Anerkennung. Das wünschte er sich. Sein Akku war leer.

Er blickte zur Seite, seiner Anna in die Augen. Eine Träne lief ihm die Wange hinab.

„Diese Hitze bringt mich noch um", log er und wischte die Träne weg.

Er hüstelte angestrengt. Sein Brustkorb hob und senkte sich hektisch auf und ab. Sein Herz schmerzte.

„Anna! Ja, ich liebe dich. Entschuldigung. Für alles!", brach es aus ihm mit erstickter Stimme heraus.

Dann schliefen sie miteinander. Seine Stöße waren hart und schnell. Anna warf ihren Unterkörper gegen seinen. Sie vögelten für ihr beider Ego. Nach drei Monaten das erste Mal wieder. Sie fühlten sich eins und dachten beide: Wenn es nur immer so wäre.

11

Es klingelte penetrant.

Rebecca hatte sich so aufs Wochenende gefreut. Ausspannen. Nichts tun. Lesen. Ihren Gedanken mal Urlaub gönnen.

Sonntagmorgen. Das Klingeln setzte nicht ab. Rebecca schnaufte ärgerlich aus. Sie warf sich den seidenen Morgenmantel über. In den Mundwinkeln klebten die Spuren der Nacht.

Sie öffnete die Tür. Vor ihr stand ein junger und, wie sie feststellen musste, gutaussehender Mann. Etwas jünger als sie. Schwarze, kurze Haare. Modische Koteletten. Braune Augen. Dunkler Teint. Südländer. Eindeutig. Die Sonnenbrille steckte im Haar. Er lächelte. Sie dachte, sie träumte. Ein Märchenprinz an ihrer Tür? Was für ein Lächeln!

„Hallo! Rebecca Rust?“

Sie nickte wie ein Wackeldackel.

„Mein Name ist Angelo Zelda. Ich bin dein Bruder. Buon giorno!“

Er streckte ihr den Blumenstrauß entgegen und grinste sie unwiderstehlich an.

„Zelda? Ach du lieber Himmel! Angelo! Angelo Zelda! Na, das ist aber eine Überraschung. Komm rein!“

Rebecca wusste von der Existenz eines Stiefbruders in Italien. Ihr Vater hatte es ihr vor langer Zeit in einem Brief geschrieben. Hatte ihr sein neues Leben erklären wollen. Schrieb von einer neuen Frau. Sie ließ den Brief unbeantwortet.

Angelo wuchtete seinen Reisetrolley über die Türschwelle.

Bei einem Espresso erfuhr Rebecca, dass ihr gemeinsamer

Vater gewünscht hatte, dass Angelo in Italien auf der Schule Deutsch lernte. Es war Angelos alleinige Entscheidung, nach Deutschland zu fliegen, um in Würzburg seine Stiefschwester kennenzulernen, die er nur von Fotos kannte.

„Bitte verstehe mich nicht falsch. Aber wie lange willst du bleiben? Meine Wohnung ist nämlich relativ klein. Soll ich dir eine Unterkunft besorgen? Ein Hotel?"

„Ha! Typisch deutsche Frage. Keine Angst, Rebecca. Ich bleibe nicht so lange. Ich schlafe hier auf der Couch. Wenn es für dich kein Problem ist?"

Sein Deutsch war ein wenig holprig. Aber sympathisch.

„Nein, kein Problem. Für mich ist das in Ordnung. Weißt du was, Angelo? Als gute Italiener gehen wir jetzt in die *Residenz* und schauen uns das Werk unseres Landsmannes *Tiepolo* an. Einverstanden?"

Montagmorgen. 7 Uhr 05.

Rebecca griff in ihr Postfach.

> *Fass endlich das Dreckschwein, das unsere Kollegen killt, statt uns zu verdächtigen, Frau Superhauptkommissarin!!!!!*

Sie knüllte den Zettel zusammen. Biss sich auf die Unterlippe. Stimmte ja. Ich habe noch nichts vorzuweisen. Wir tappen im Dunkeln. Aber ohne Spuren, ohne Beweise – keine Festnahme. War schon immer so. Manchmal belegt man eben erstmal den zweiten Platz. Aber aufgeben? Niemals! Den Druck, der jetzt auf ihr lastete, würde sie schon bewältigen. Ihr Körper gab, trotz des Stresses, gerade Ruhe. Dafür dankte sie ihrem Schöpfer.

René erzählte gerade, dass er heute Morgen, auf dem Weg zur Arbeit, zwei Bäume gesehen hatte, die sich um einen Hund stritten. Roland blickte ihn fragend an.

„Na wegen der Hitze. Du Pappnase!"

Sie lachten.

Dann erzählte Rebecca vom Besuch ihres Stiefbruders. Beide schmunzelten ungläubig, als das beige Telefon klingelte. René nahm ab und gab den Hörer an Rebecca weiter.

„Frau Rust! Hier ist das Vorzimmer von Direktor Wiegand, Frau Lemper. Herr Wiegand möchte, dass Sie um 8 Uhr 30 in sein Büro kommen. Danke."

Sie ließ den Hörer in die Ablage gleiten.

„Ich muss zu Wiegand. Was der wohl will? Ach ja, wahrscheinlich weil Rufer auf einer Besprechung in München ist. Der macht mich fertig. Jede Wette. Das lässt der sich nicht entgehen. Dabei können wir doch auch nichts dafür, dass wir so feststecken, oder?"

„Mensch, Rebecca. Jetzt halt mal den Kopf oben. Bist doch sonst nicht auf den Mund gefallen. Probiere es mit deinem weiblichen Charme. Dann kochst du ihn schon weich. Toi, toi, toi! Und stelle ihn dir in roter Unterhose mit weißen Punkten vor. Funktioniert immer!"

„Guten Morgen, Herr Wiegand."

Sie war durch das Vorzimmer gegangen, hatte den arroganten Blick von Frau Lemper kassiert und blieb im Türrahmen stehen.

„Setzen Sie sich bitte."

Der Polizeidirektor forderte Rebecca mit einer Handbewegung auf, Platz zu nehmen. Seine Uniform saß wieder akkurat. Wie machte er das bloß, bei dieser Hitze nicht zu schwitzen?

„Frau Rust, ich komme gleich zur Sache. Wir haben Sie gegen einige interne Widerstände zum Lehrgang für den gehobenen Dienst geschickt. Sie waren ehrgeizig, keine Frage. Eine Frau, die sich nicht von dusseligen Gefühlen leiten lässt. Jüngste Oberkommissarin und dann, zack, schon Hauptkommissarin. Das verdient natürlich Respekt in ihrem jungen Alter. Ihr nüchternes Kalkül, quasi die Fälle fast medizinisch zu sezieren, gab den Ausschlag, dass Sie in der Vergangenheit so erfolgreich waren. Und jetzt? Enttäuschung auf der ganzen Linie. Nicht wahr? Ihre Ermittlungsergebnisse befriedigen mich nicht. Rufer sieht das übrigens ebenso wie ich. Denken Sie bloß nicht, dass Sie sich hinter seinem Rücken verstecken können. Mir ist klar, dass er Sie protegierte. Vater und Tochter sozusagen.“ Sein Mund verzog sich zu einem schmierigen Lächeln.

Rebecca presste die Lippen aufeinander, um einen Wutausbruch im Zaum zu halten.

„Das Ansehen der ganzen Polizei steht auf dem Spiel. Ihre Verdächtigungen gegen die Kollegen haben ganz schön Wallung in die Reihen gebracht. Die Presse wartet wie ein hungriges Wolfsrudel darauf, uns in die Pfanne zu hauen. Sie veröffentlichen Statistiken von ungeklärten Gewaltverbrechen. Machen uns lächerlich, weil wir einen gefesselten Ertrunkenen mit Schusswunde als Selbstmord deklariert hatten. Ich bitte Sie inständig, mehr Power in die Sache zu legen. Füttern Sie die Meute nicht auch noch mit Ihrer Unfähigkeit. Selbst die Zeitung mit den vier Buchstaben hat schon angefragt. Und ich muss Ihnen nicht sagen, was es bedeutet, wenn diese Schmierfinken sich ans Werk machen. Sie sind bei der Kriminalpolizei eingestellt worden, weil Sie erstklassige Qualifikationen vorzuweisen hatten. Beweisen Sie, dass Sie die Beste sind. – Ich gehe davon aus, dass es keine gravierenden Neuigkeiten gibt, richtig?"

Wiegand blickte ihr wissend in die Augen.

„Sie können jetzt gehen!"

Rebecca schwieg kurz.

„Herr Wiegand, Sie haben recht. Wir bewegen uns auf der Stelle. Das tut mir leid."

„Wusste ich, Frau Rust. Aber ich denke, wir haben uns verstanden. Sie wissen, es gibt immer die Möglichkeit, die Chefin einer Soko auszuwechseln, wenn die sich am Ende glaubt."

Er drehte sich in seinem Sessel zum Fenster. Fischte sich eine Zigarette aus der Schachtel. Zündete sie an und blies den Rauch genüsslich aus dem geöffneten Fenster.

„Adieu, ich meine es nur gut mit Ihnen, meine liebe Frau Hauptkommissarin Rust."

Ihr war nicht entgangen, dass Wiegands Augen während seines Monologes ihre Brüste streiften. Was für ein Macho-Arsch!

„Herr Wiegand. Eines noch. Die Soko tut ihr Möglichstes. Wirklich. Wenn Sie einen Schuldigen suchen, halten Sie sich an mich. Ich werde mein Bestes tun. Versprochen!"

Als die Türe hinter ihr ins Schloss fiel, kramte sie eine Zigarette aus ihrer Hosentasche und zündete sie an. Tief inhalierend stellte sie sich Wiegand in einer roten Unterhose mit weißen Punkten vor.

12

Ja, Rust am Apparat."
„Grüß dich, Kollegin. Hier Salzmann von der Inspektion Ost. Bei uns sitzt ein Italiener. Sagt, er heißt Angelo Zeda oder so ähnlich und sei mit dir verwandt. Er hat uns deine Telefonnummer gegeben. Kennst du ihn?"

„Ja, ich kenne ihn. Er ist mein Stiefbruder. Zu Besuch aus Italien. Was ist mit ihm? Ist ihm was passiert?" Rebecca reagierte erschrocken.

„Nein, nein. Er ist erwischt worden, als er mit der Straßenbahn schwarzfuhr. Er hatte keinen Ausweis dabei und zu wenig Geld. Holst du ihn ab und regelst den Rest?"

„Oh mein Gott. Ich bin gleich da. Danke."

Wild gestikulierend versuchte Angelo, Rebecca beim Verlassen des Dienstgebäudes das Geschehene zu erklären. Doch Rebecca gab ihm einen Kuss auf die linke Wange und lud ihn zum Essen in Würzburgs älteste Pizzeria ein.

Die Pizza schmeckte fantastisch, wenn man sich an die italienisch-kitschige Atmosphäre gewöhnt hatte. Rebecca sah ihren Stiefbruder beim Kauen zu und dachte sich, ja, so ist mein Leben: zermalmt zwischen zwei Kiefern, ihrer Krankheit und dem Druck, die Gesellschaft vor dem Bösen zu bewahren.

Sie tranken einige Gläser Wein zu viel und liefen beschwipst heim. Die Woche mit ihrem Stiefbruder war überraschend schnell vorübergegangen.

Das Reisegepäck war bereits im Auto. Sie fuhren tags darauf mit leichten Kopfschmerzen nach Frankfurt. Eine gute Stunde später standen sie in der Abflughalle.

„Wie geht es eigentlich unserem Vater?“, fragte Rebecca endlich.

„Ich glaube, er hat dich sehr, sehr lieb. Aber er hat so ein stolzes, eigensinniges Herz. Ich werde ihm von dir erzählen. Danke für alles, Rebecca.“

Sie drückten sich innig. Angelo warf noch einige Kusshände zurück. Auf seinen Lippen stand „Grazie“.

Sie wird nach Rom fliegen. Da war sie sich sicher. Angelo war nur ein Fingerzeig ihres Vaters, damit er sie endlich wieder als Tochter in die Arme schließen konnte.

Auf dem Rückweg zum Auto hatte Rebecca feuchte Augen. Ihr Blick folgte den Maschinen, die die Träume der Menschen mit fortnahmen.

Die Sache mit ihrem Vater ließ ihr keine Ruhe. Sie ging, zurück in Würzburg, in ein Reisebüro und buchte für das Wochenende einen Flug nach Rom. Sie musste mit ihrem Vater reden. Sie bildete sich ein, dass er ihr Antworten auf die Fragen, die schon so lange in ihr nagten, geben würde. Sie wollte nicht aus dem Leben scheiden, ohne die Dinge, die in ihr brodelten, aus dem Weg geräumt zu haben. Ihre Unsicherheit ließ jedoch nicht zu, dass sie ihren Stiefbruder anrief. Sie wollte das Ganze selbst regeln.

Das Flugzeug setzte bei herrlich blauem Himmel sanft auf der Rollbahn auf. Sie hatte den ganzen Flug über an ihren Vater gedacht. Ihr wurde bewusst, dass möglicherweise er der Schlüssel für ihren manchmal krankhaften Ehrgeiz war. Sie sah sich als Nachfolgerin Rufers, wenn sie diese verflixten Morde endlich klären könnte. Vielleicht könnte sie dessen Stelle erben. Und wahrscheinlich hatte Wiegand sogar recht, als er sagte, sie sei so eine Art Tochter des großen Kripochefs.

Nun stand sie in der Halle des Flughafens in Rom, dieser über dreitausend Jahre alten Stadt, die Gegenwart und Vergangenheit eint. Sie spürte keinen Unterschied zur drückenden Hitze zuhause.

Sie wollte erst mal in die Stadt eintauchen. Sie brauchte das, musste ihre Angst vor der Begegnung kompensieren. Mit ein paar Brocken Italienisch, das sie kurz zuvor noch ein wenig aufgefrischt hatte, handelte sie mit dem Taxifahrer einen überteuerten Preis für eine Stadtrundfahrt aus. Sie drehten eine Runde um das *Kolosseum*. Rebecca wunderte sich über das Treiben der Touristen am *Pantheon*. Dahinter fiel ihr ein kleiner Obelisk auf, den ein Elefant mit überlangem Rüssel trug. Weit kamen sie nicht, denn der Stau, der die Stadt im Griff zu haben schien, legte sich auf die Nerven. Der Taxifahrer schimpfte und gestikulierte, während Motorroller beängstigend eng an den Blechkleidern der Autos vorbeirasten. Rebecca bat den Taxifahrer, sie aussteigen zu lassen. Sie hatte Hunger und kaufte sich ein *Porchetta*, ein Brötchen mit knusprigem Spanferkelrollbraten. Sie stieg in die nächste Metrostation und fuhr in Richtung *Pantheon* zurück. Sie ging in die Kirche *Santa Mario sopra Minerva*, deren Gotik prägend ist. Dann stand sie vor einem von *Michelangelo* geschaffenen Christus. Sie wurde von einer eigenartigen Stimmung erfasst. Alles um sie herum schien zu erstarren. Stille. Bewegungslosigkeit. Christus sprach zu ihr. Wie bei *Don Camillo und Peppone*, dachte sie. Doch bevor sie sich über sich selbst wunderte, belehrte sie die Gestalt, dass sie noch nicht bereit sei, ihrem Vater unter die Augen zu treten. Wahrscheinlich würde sie das Treffen emotional aus der Bahn werfen. Sie brauche ihre Energie für die Aufklärung der Morde. Sie könne das Ganze auch ihrer Gesundheit nicht zumuten. Rebecca vernahm das Gefühl, dass sie ihrem Vater Vorwürfe machen würde, durch seine Gewalttätigkeiten seine damalige Ehe zerstört zu haben. Alles braucht eben seine Zeit. Und die ist für eine Auseinandersetzung mit ihrem Vater noch nicht gekommen. Geduld ist nicht ihre Stärke und die italienische Impulsivität, die sie von ihm geerbt hat, würde mehr kaputt machen als heilen. Ihr wurde in dem Zwiegespräch klar, dass der Flug umsonst gewesen war. Vielleicht war sie auch nur zu schwach, um sich der Herausforderung zu stellen.

Rebecca atmete tief durch. Weihrauch verirrte sich in ihre Lungen. Sie nickte Christus zu und dankte ihm. Als sie die Kirche verließ, bekreuzigte sie sich. Sie ging zu dem Taxifahrer, gab ihm sein Fahrgeld, verabschiedete sich und stieg hinab in die Metro, die sich durch den Untergrund in Richtung Flughafen *Fiumicino* schlängelte.

In der Nacht saß sie im Flieger zurück in Richtung Deutschland. Sie glaubte, das Richtige getan zu haben.

13

Zerberstendes Glas! Quietschende Reifen! Lärm, der gedämpft ins Gehirn schleicht. Heißes Blech dringt in geschockte Haut. Nebel wabert zeitlupenartig durch die Fahrgastzelle.

„Sichtweite unter 50 Meter. Fahren Sie mit Bedacht!“, hatte der Radiosprecher gesagt. Das junge Paar war vereint in seinen Gedanken. Er fuhr vorsichtig und trotzdem: Das Schicksal schlägt zu, wenn man es nicht vermutet. Ein US-Truck wendete. Einfach so.

Krachen. Splitter. Metallischer Geschmack im Mund. Blut! Mit einem Mal Ruhe. Diese unwirkliche Ruhe. Er wandte den Kopf zur Seite. Sein Körper war gefangen in einem Blechmantel. Eingeklemmt sah er näherkommendes Licht. Rettung?

Beate saß neben ihm. Leblos. Schön wie immer. Der Kopf war nach unten gesackt. Der Sicherheitsgurt hatte ihren Körper aufgefangen. Glassplitter wirkten auf ihrem Gesicht wie eisige Tränen.

„Beate?“, flüsterte er.

Beate war tot.

Der Unfall jagte Roland Dämonen hinterher. Er war glimpflich davongekommen. Knochenbrüche, die rasch verheilt waren. Die eigentlichen Verletzungen lagen tiefer. In ihm drinnen. Viele Tränen der Erinnerung an gemeinsame Pläne sammelten sich in einem Becken der Trauer. Als die Verzweiflung begann, ihn aufzufressen, begann er endlich eine Therapie. Die Zeit heilte tatsächlich seine Wunden. In sein noch junges Leben zog langsam wieder Farbe ein. Dennoch blieben Narben, auf seiner Seele. Er war nicht fähig Beziehungen einzugehen. So wurde er ein Einsiedler im Gehöft der Einsamkeit. Er lernte Klavierspielen. Die Töne trugen seine Last auf die Müllkippe der Erinnerung.

Die Kollegen wussten von all dem nichts. Ist lange her. Sehr lange. Der Unfall passierte, als er gerade mit der Schule fertig war. Er wollte, nachdem er seine Ausbildung bei der Polizei beendet hatte, weit weg von seinem Heimatort Dienst verrichten. So kam es, dass er sich von Augsburg nach Würzburg versetzen ließ. Ab und zu bemerkte man noch seinen Zungenschlag mit „sch" statt „s", mit dem ihn die Kollegen aufzogen. Mittlerweile konnte er darüber lachen.

Roland kannte Rebecca schon von ihrer gemeinsamen Zeit bei der Schutzpolizei. Da sie ehrgeiziger war als er, konnte sie vor ihm den Lehrgang zum gehobenen Dienst absolvieren.

Roland erinnerte sich gerne an ihr erstes gemeinsames Erlebnis im Streifendienst.

Es war im Hofgarten der *Residenz*. Jemand hatte panisch die Polizei verständigt. Im hinteren Bereich lag eine nicht mehr ansprechbare Person. Sie rannten durch die Parkanlage. Verfluchten ihre unpraktische Uniform. Hetzten die Stufen hinter dem Bau Balthasar Neumanns hoch und sahen einen Besucher, der erregt winkte. Pustend, außer Atem sahen sie eine junge Frau, die auf dem Boden lag und sich übergeben hatte. Ihre Augen waren unnatürlich nach hinten verdreht. Sie reagierte auf keine Ansprache. Auch ein Klatschen auf ihre Wangen ließ die Frau in ihrem tranceartigen Zustand verbleiben. Roland griff mit den Fingern in die Mundhöhle und befreite die Frau von ihrem Erbrochenen. Rebecca legte die Frau in die stabile Seitenlage. Das Mädchen atmete noch schwach. Ohne zu zögern, beugte sich Roland über den Körper und legte seinen Mund auf jenen des Mädchens. Die Mund-zu-Mund-Beatmung wirkte. Das Mädchen hob den Kopf, würgte und übergab sich auf Rolands Schuhe. Sie hustete und schlug die Augen auf, als der Notarzt eintraf. Roland ging zu einem Gebüsch, säuberte sich mit einem Taschentuch die Schuhe und lehnte sich vor Erschöpfung gegen einen Baumstamm. Mit leerem Blick verfolgte er, wie die junge Frau auf einer Trage in das Rettungsfahrzeug geschoben wurde. Rebecca kam zu ihm und klopfte ihm vor Mitgefühl auf die Schultern.

„Gut gemacht, Roland!"

Sie wurden ein gutes Team.

Von der jungen Frau hörten sie nie wieder.

14

Wir haben ihn! Wir haben ihn! Hopp, hopp, fertig machen. Nürnberger Straße 199, Senft. Markus Senft, 28 Vorstrafen, quer durch das polizeiliche Angebot. Hopp, keine Zeit verlieren."

Eine Funkzellenauswertung hatte eine Spur ausgeworfen. Na endlich. Rebecca war gerade von der Toilette gekommen, als Heinz, ein Mitarbeiter der Soko, die Nachricht herausschrie. Das Team war in heller Aufregung. Jeder legte seine Ausrüstung an. Pistole, Handschellen, Schutzweste. Man konnte nie wissen.

Rebecca blieb im Büro. Sie wollte den Einsatz koordinieren. Sie konnte sich aufs Team verlassen.

Am Morgen hatte es einen anonymen Anruf bei der Einsatzzentrale gegeben:

Ich habe die zwei Bullenwichser fertiggemacht! Und ich werde weitere von euch killen, ihr verfickten Bastarde! Ihr müsst Angst um euer Leben haben! Verlasst euch drauf! Mal sehen, wer der Nächste ist!

Dann legte der Anrufer auf.

Sie brachten ihn in Handschellen aufs Revier. Sein Schmerz im Gesicht verriet, dass der Zugriff nicht zimperlich abgelaufen war. Rebeccas Mitleid hielt sich in Grenzen. Die Vernehmung wurde sofort vorbereitet. Wenn sie frisch festgenommen sind, reden sie am schnellsten. Der Schock sitzt einfach zu tief.

Das Diktiergerät lag auf dem Schreibtisch zwischen Markus Senft und Rebecca. Roland saß im hinteren Bereich des Zimmers und tat abwesend.

Rebecca hielt sich nicht lange mit Vorreden auf. Sie erklärte ihm, dass er Beschuldigter in einem Mordverfahren sei, jederzeit einen Rechtsanwalt hinzuziehen könne und zur Sache keine Angaben machen müsse. Sie fragte seine Personalien ab.

„Euch Arschgeigen sag ich mal gar nix. Meinen Namen kriegste. O.k., muss ich. Weiß ich. Aber sonst könnt ihr mich mal! Was genau wollt ihr eigentlich von mir? Mord, haben die gesagt, nachdem sie mir die Fresse poliert haben. Ihr spinnt wohl. Ihr braucht wohl endlich einen Täter, weil ihr unfähig seid, eure Arbeit zu machen. Na, da freut sich die Presse, wenn ich denen was erzähle."

Mittlerweile war Staatsanwalt Bohm eingetroffen und wohnte

der Vernehmung bei. Senft schien beeindruckt vom stattlichen Auftreten des Juristen. Er schaute ihn ehrfürchtig an.

‚Devotes Arschloch', dachte Roland.

Rebecca erläuterte in aller Ruhe, wie sie ihm beweisen konnten, dass von seinem Mobiltelefon der Anruf getätigt wurde. Sie spielte ihm die Aufzeichnung vor. Sie sagte ihm, dass ein Sprachgutachten beweiskräftig sei und sie seine Stimme hundertprozentig identifizieren können.

„Kann ich mal eine rauchen? Und was trinken?"

Er gab nach.

„Ja, ich habe angerufen. Ich kann euch Bullen nicht leiden. Ist ja kein Verbrechen, oder? War länger im Knast als draußen. Scheißleben. Wollte euch ein bisschen Angst machen. Ist mir scheinbar auch gelungen."

Er lachte dreckig, und seine verfaulten Zähne freuten sich über ein wenig Luftzufuhr.

„Herr Senft! Schluss jetzt mit diesem Theater! Sagen Sie uns endlich, ob Sie mit den Morden etwas zu tun haben oder den Mörder kennen! Ich habe jetzt genug von Ihren Faxen. Wenn Sie den Mund nicht aufmachen, loche ich Sie wegen Vortäuschens einer Straftat und Behinderung der Justiz so lange ein, bis Ihnen die paar Zähne, die Sie noch haben, ausgefallen sind. Haben wir uns klar und deutlich verstanden?"

„He, Herr Staatsanwalt! Ich …"

Bohm haute wortlos mit der flachen Hand auf den Tisch, dass Rebeccas Kaffeetasse überschwappte.

„Ich war's nicht. Ich schwör's! Ich habe nur Scheiße gebaut. Große Scheiße. Nicht wahr, Herr Staatsanwalt? Bitte nicht einsperren. Ich entschuldige mich auch in aller Form. Frau Polizist. Herr Polizist. Herr Staatsanwalt."

„Wir warten die Wohnungsdurchsuchung noch ab. Wenn die negativ verläuft, schmeißen wir ihn raus. Ihre Strafe fangen Sie sich aber noch ein, Herr Senft!"

Die Enttäuschung war allen anzumerken. Wortlos räumten sie ihren Bürokram auf. Wenn man unter Druck steht, tun Leute wie Senft das ihre, dass die Bereitschaft, alles zu geben, auf einen Nullpunkt sinkt.

Bevor Staatsanwalt Bohm das Büro verließ, legte er wortlos einen Arm auf Rebeccas Schulter.

Es galt, sich neu zu motivieren. Der Impuls ließ nicht lange auf sich warten.

15

Der Mann schloss die Schatulle, nachdem er die Briefe gelesen und sorgfältig gefaltet hatte.

Er zog den Anzug an, schnürte die teuren Schuhe, griff sich das Paar Lederhandschuhe von der Ablage im Flur und ging zu seinem Fahrzeug in der Tiefgarage. Er trat das Gaspedal durch. Der Motor heulte scharf auf.

Heuchelhof. Die Wohnsiedlung für Spätaussiedler, in der die Polizei nicht gerne gesehen war. Der Mann war sich seiner Anonymität sicher.

Er sah an diesem hässlichen Ghettomonster hoch, das den Himmel zu berühren schien. Dann klingelte er blind bei einem der unzähligen Namen, die er nicht mal aussprechen konnte. Ein Summen, ein „Hallo?". Er drückte die Haustür wortlos auf und schlüpfte in den Flur. Gruber wohnte im dritten Stock. Er nahm den Aufzug. Das Risiko, jemandem zu begegnen, wollte er minimieren.

Er klopfte fordernd gegen die Wohnungstür. Als Gruber öffnete und staunend „Sie?" herauspresste, legte sich die Watte mit dem Chloroform auf Nase und Mund. Mit einer schnellen Bewegung drückte der Mann Gruber nach hinten in den Flur und schloss mit der Hacke seines Schuhes die Tür. Durch die Rückwärtsbewegung fielen beide auf den Boden. Der Mann legte einen eisernen Griff um Gruber. Dessen Widerstand erlahmte. Bewusstlos lag er auf dem Boden. Der Mann kniete sich neben sein Opfer, legte die Hände auf den Kehlkopf und drückte zu. In seinem Unterbewusstsein sah Gruber ein Licht, das von einem Aufzug nach unten gedrückt wurde und erlosch.

Der Mann stand vor der Leiche. Er neigte den Kopf zur Seite und betrachtete sein Werk. Dann beugte er sich nach unten und legte in die geöffnete Handfläche einen Zettel:

DICH!

Er schloss die Finger der Leiche darum. Dann betrachtete er Gruber voller Abscheu.

Gruber sah aus wie diese Zuhälteraffen. Braungebrannt und verlebt. Hatte wohl immer noch Kontakt ins Milieu, das Schwein. Polizist und Verbindungen zu Luden und Nutten. Widerlicher Typ. Hatte sich schmieren lassen. Verriet Kontrollen und Durchsuchungen. Für ein bisschen Geld. Für ein bisschen Ficken. Für ein bisschen Luxus.

Die Hände des Mannes umklammerten das Lenkrad seines Autos. Sie wird mich finden, irgendwann. Sie muss mich finden. Aber vorher muss ich noch meine Hausaufgaben erledigen. Ein befriedigendes Gefühl stellte sich ein. Sein Vater lächelte ihn durch die Windschutzscheibe an.

Zu Hause streckte er seinen Körper genussvoll durch. Schenkte sich ein Glas Cognac ein. Er hatte die Schatulle vor sich stehen und starrte sie an.

> *Oh Mutter! Der Schmerz ist tief, die Qual so nah. Mein Himmel. Meine Hölle.*

Natürlich wird dieses Morden nicht ewig weitergehen. Er wird ihr einen Hinweis geben müssen. Ihre Intelligenz herausfordern. Sie an den Rand ihrer Existenz bringen. Sie ist gutaussehend, was dem Ganzen einen schönen Farbtupfer verleiht. Sie wird seinem Ehrgeiz nichts entgegenzusetzen haben. Das ist sein Vorteil. Für ihn. Er kannte sich gut aus mit Menschen. Er wird sein Spiel spielen. Bis zum bitteren Ende.

Er öffnete die Schatulle und entnahm den letzten Brief, den er seinem Vater gewidmet hatte, bevor er das Polizeistudium aufgenommen hatte:

> *Werter Vater,*
> *ich hoffe meine Nachtgestalten, die mich aufzufressen drohen, in den Griff zu bekommen.*

Immer noch, jetzt, da ich erwachsen werde, verzehre ich mich nach eurer Liebe. Liebe, die ihr mir nicht geben konntet, da Du mir genommen wurdest.
Die Liebe einer Mutter, die sie mir nahm
und jemandem Fremden gab.
Vater!
Ich fürchte das Kommende, da ich bange, dass die Schizophrenie sich meiner bemächtigen wird.

16

Eine innere Stimme sagte ihr, dass das Morden ein Ende haben könnte.

„DICH! Mit Ausrufezeichen. Leute, ich sage es mal vorsichtig. Aber ich glaube, der Mörder hat sein Ziel erreicht. Das ist das Positive! Aber wenn wir ehrlich zu uns sind, sind wir natürlich nicht weiter als zu Beginn der Ermittlungen. Hat der Mörder die Kollegen getötet, weil er sich an der Polizei rächen wollte? Oder wollte er uns vor Nestbeschmutzern säubern? Dann kommen nach wie vor zwei Varianten ins Spiel: einer von außen, eine Art Psychopath, oder eben einer von uns."

Bei diesem Gedanken wurde Rebecca richtig übel.

René zweifelte.

„Was soll es denn bitte schön heißen? ICH TÖTE DICH! Drei Kollegen ausgemerzt, weil sie ein bisschen was auf dem Kerbholz hatten beziehungsweise anders gepolt waren. Was, wenn es eine Botschaft ist? Gerichtet an uns, einen von uns." Er verstummte. „Eine von uns?"

Die Blicke richteten sich unwillkürlich auf Rebecca.

„Schlaumeier!"

„Denken wird wohl noch erlaubt sein. Vielleicht wäre mehr Denken eh kein Schaden gewesen die ganze Zeit."

„Was willst du damit sagen?"

„Vergiss es!"

„Keinen Stress jetzt, ja!" Roland beschwichtigte. „Und wenn wirklich einer von uns gemeint ist, Rebecca? Wäre ganz schön übel, was?"

„Was schlägst du vor? Personenschutz für alle im Ermittlerteam? Schmink es dir ab, Roland. Das grenzt ja schon an Paranoia: **ICH** bezog sich auf Langner, **TÖTE** auf Schöninger und **DICH!** auf Gruber. Und der hatte Kontakte in die Zuhälterszene. Man hatte ihm nie etwas Konkretes nachweisen können, aber die Gerüchte verstummten nie, er habe operative Maßnahmen in der Rotlichtszene an die Luden verraten. An die Arbeit, und haltet euch nicht mit Verschwörungstheorien auf!"

Alle Abteilungen, auch jene im Rauschgiftbereich, kontaktierten ihre Informanten. Verdeckte Ermittler hielten die Ohren an ihr Klientel. Doch alle schienen verstummt zu sein, viele zuckten teilnahmslos mit der Schulter. Ein Erfolg ließ weiterhin auf sich warten.

Rebecca fand Max Ernst in der Sanderstraße. Die *Corvette* parkte fett vor einem Eiscafé.

Die beiden hatten ihre erste Begegnung, als Rebecca im Rahmen ihrer Ausbildung beim Kriminaldauerdienst Nachtschicht schob. Ein anonymer Anrufer hatte mitgeteilt, dass Ernst und sein Laufbursche Rocco von Frankfurt zurück nach Würzburg fahren würden und im Auto eine scharfe Schusswaffe versteckt hätten. Beiden hatte das Landratsamt den Waffenschein entzogen.

Rocco hatte statt eines Gehirns ein Vakuum unter dem Toupet. Er war Mädchen für alles; wenn jemand Ärger machte, räumte Rocco diesen aus dem Weg. Mal laut und krachend. Mal leise und unauffällig. Ernst machte sich die Hände schon lange nicht mehr schmutzig. Deshalb war der Anruf so brisant gewesen.

Rebecca und ihr damaliger Streifenkollege Chris beobachteten den *Mercedes AMG*, als er von der Autobahn kommend nach Würzburg einfuhr. Auf Höhe der *Shell*-Tankstelle in der Höchberger Straße hielten sie den Boliden an. Mit gezogener Waffe näherten sie sich. Durch die abgedunkelten Scheiben sahen sie nicht, was im Innenraum vor sich ging.

„Polizei! Zeigen Sie Ihre Hände und steigen Sie aus dem Fahrzeug!"

Klang zwar amerikanisch, funktionierte aber immer wieder aufs Neue. Nichts rührte sich. Mit zitternden Knien tasteten sie sich näher an das Fahrzeug heran. Schweiß rann ihnen ins Gesicht. Die Tankstelle tauchte die Szene in gelbes Licht. Die Beifahrertür öffnete sich. Rocco stieg aus. Chris war sofort bei ihm und legte ihm Handschellen an. Roccos Körper lehnte mit der Brust am Türeinstieg, den Kopf auf das Autodach gelegt. Rebecca war an der Fahrerseite. Sie tat einen schnellen Schritt nach vorne. Drehte sich in die Tür und hielt die 9-mm-*Heckler & Koch* gegen die Fensterscheibe. Die Mündung der Waffe zeigte auf das überheblich lachende Gesicht des Fahrers. Es war Ernst.

„Gemach, gemach, Frau Kommissarin. Wusste nicht, dass uns die Polizei in Zivil anhält. Könnten ja Verbrecher sein. Weiß man ja nie heutzutage."

Er stieg aus und hob die Hände. Sein Blick bohrte sich in Rebeccas Augen. Sie verzog keine Miene. Ernsts Gesichtsmuskel zuckte. Er blinzelte, nachdem die Pistole immer noch auf ihn gerichtet war. Da spürte Rebecca, dass sie den Sieg davongetragen hatte.

Sie fanden keine Waffe. Die Polizisten waren froh darüber.

Rebecca ging auf Max Ernst zu, der mit einer seiner Huren, die das Gesicht mit Schminke zugekleistert hatte, einen Eisbecher löffelte. Sie setzte sich unaufgefordert dazu. Ernst blickte sie mit wässrigen Augen an. Die Tränensäcke hatten die Ausmaße eines gefüllten Kondoms. Das lockige, lichter gewordene Haar endete auf dem Hemdkragen. Tiefe Falten durchzogen das Gesicht, das vom Rauchen fahl wie der Mondschein war. Eine goldene Panzerkette klimperte gegen die Rolex. Ernsts Äußeres erfüllte jegliches Klischee eines Zuhälters. Aber in jedem Klischee steckt immer ein Korn Echtheit, dachte die Polizistin.

Rebecca zündete sich ebenfalls eine Zigarette an. Die Frau wollte was sagen, doch der Zuhälter schnitt ihr mit einer Bewegung das Wort ab und deutete ihr an, sich nebenan hinzusetzen.

„Frau Kommissar. Lange nicht mehr gesehen. Nehmen Sie doch Platz."

„Herr Ernst, wir müssen reden."

„Ich rede immer ernsthaft." Er schüttelte sich vor Lachen und würgte einen schlimmen Raucherhusten hervor.

„Ha, ha, ha! Selten so gelacht. Also, Ernst …“

„Herr Ernst. So viel Zeit muss sein.“

„Herr Ernst. Wir sind bei unseren Ermittlungen hinsichtlich der Polizistenmorde an einem Nullpunkt angelangt.“ Sie fischte nach den richtigen Worten. „Es fällt mir nicht leicht, Sie um Hilfe zu bitten. Aber ich brauche Sie. Und ihre Verbindungen in die, nun ja, Unterwelt.“

Der Verbrecher genoss die Hilflosigkeit der Polizistin.

„Was kann ich für Sie tun? Fragen Sie. Nur zu! Ich habe keine Waffen versteckt. Ich habe keinen umgebracht. Ich zahle meine Steuern. Ich ermögliche den biederen Familienvätern, dass sie ficken können und nicht ihre braven Frauen vergewaltigen. Ist das nicht ehrenwert? Was also kann ich für Sie tun? Frau Kommissar!“

„Ernst! Herr Ernst, Sie wissen genauso wie ich, dass der letzte Tote, Gruber, für euch gearbeitet hat. Schlimm genug. Aber das interessiert uns nicht mehr. Ich will wissen, ob es da eine Art offene Rechnung gibt. Wir glauben, dass der Mörder aus dem Milieu kommen könnte.“

„Jetzt machen Sie mal halblang. Uns mit Mord in Verbindung zu bringen, ist ein starkes Stück. Offenbar seid ihr so hilflos wie die Katze im Sack, bevor sie ertränkt wird. Von uns Alten war es auf jeden Fall niemand. Da lege ich meine Hand ins Feuer. Wir sind der falsche Adressat. Ihr müsst auf die Albaner und Rocker achten. Noch halten wir die draußen. Da könnt ihr uns aber mal so richtig dankbar sein. Das ist ein richtig gemeines Dreckpack. Wenn die mal hier das Sagen haben, dann Gute Nacht, Würzburg. Also immer schön ruhig bleiben. Wir kooperieren schon, wenn es sein muss.“

„Sie meinen, wenn es in Ihrem Sinne ist. Soll ich Ihnen jetzt damit drohen, dass wir eure Bordelle und Straßenstriche so intensiv kontrollieren, dass die Freier fernbleiben? Dass wir jeden kleinsten Verstoß zur Anzeige bringen? Alles, was ich will, Herr Ernst, ist ein kleiner Hinweis. Und wenn er Ihnen noch so unbedeutend erscheint."

Ernst blickte sie lange an. In ihren Augen sah er, dass sie tatsächlich verzweifelt war.

„Ich höre mich mal um. Versprechen kann ich aber nichts."

„Wissen Sie, dass Sie den Namen eines berühmten Malers tragen? Max Ernst?"

Sie stand auf und ging. Sie wollte einfach das letzte Wort haben.

Zwei Tage später bat Rufer Rebecca zu sich ins Büro.

„Hören Sie, Frau Rust. Es ist mir unangenehm. Aber Wiegand hat mich angerufen."

„Ja?!"

„Er ist der Meinung, wir sollen das Landeskriminalamt einschalten und die entscheiden lassen, ob sie sich der Fälle annehmen."

Rufer wirkte bedrückt. Er spielte mit seinem Kugelschreiber, der ihm laufend aus den Fingern glitt.

„Das heißt, ich bin raus. Stimmt's?"

„Rebecca …" Es war das erste Mal, dass Rufer sie mit Vornamen ansprach. Sie wusste, dass ihm unwohl bei der Unterredung war.

„Frau Rust. Ich habe nochmal um eine Aufschiebung dieser

Überlegung gebeten, und glauben Sie mir, wenn der Täter tatsächlich aus unseren Reihen kommen sollte, was Gott verhindern möge, ist es das Beste, Sie sind außen vor. Sie haben noch eine Woche. Die habe ich Wiegand aus den Rippen geschnitzt. Wenn sich bis dahin nichts getan hat, geben Sie die Fälle ab. So leid mir das für Sie tut. Auch mir sind jetzt die Hände gebunden. Sie können von Glück sagen, dass ich den Präsidenten überzeugen kann. Pragmatismus schlägt Statistik. Noch. Danke für Ihr Verständnis. Und jetzt ran an die Arbeit! Viel Erfolg!"

Er schob ihr ein Zitronenbonbon über den Tisch.

Sie lächelte, stand wortlos auf und ging aus dem Zimmer.

„Rust."

„Hier Max Ernst. Aber nicht der Maler. Ich habe mich umgehört. Stimmt, über Gruber erzählt man sich auch in unseren Kreisen nichts Gutes. Klar, er war mal bei uns gelistet. Sie wissen schon, was ich meine, aber er ist ausgestiegen. Wollte nicht mehr weitermachen. Wurde wohl seriös auf seine letzten Tage. Wir waren über seinen Abgang damals und jetzt nicht wirklich traurig. Gruber war ein Arschloch. Wollte alles umsonst. Ein echter Schmarotzer. Wir hatten die Zusammenarbeit mit ihm eingestellt. Das hat ihm zwar nicht gepasst, aber einige dezente Hinweise, dass sich seine Vorgesetzten für sein Verhalten interessieren würden, haben ihn die Klappe halten lassen. So ist das, Frau Rust. Wir können Ihnen da nicht weiterhelfen, Frau Kommissar. War mir ein Vergnügen, Ihnen ein wenig geholfen zu haben. Adieu."

Rebecca hatte Kopfschmerzen. Sie sah aus dem Fenster. Die

ehemals stolze Festung schmolz in der Hitze dahin und tropfte wie Wachs in Richtung Stadt.

Auf dem Nachhauseweg machte sie Halt in einer Bierkneipe. Ein schnelles Pils würde sie beruhigen. Sie trank es in einem Zug aus und ließ hörbar ihrem Genuss freien Lauf. Sie wollte so schnell wie möglich diesen Ort wieder verlassen. Sie war ein Fremdkörper. Die Blicke der Besoffenen verrieten niedere Instinkte.

„Na, Mädel! Das hat aber gezischt. Ist, wie wenn dir ein Engel auf die Seele pisst!"

In dieser Nacht träumte sie, wie schwarze Flecken ihren Körper bedeckten und sich nach innen fraßen. Direkt in ihr Herz und ihr die Seele raubten.

17

Rebecca hatte in ihr Telefon nur die Nummern von Leuten gespeichert, deren Anrufe sie selektieren mochte. So erkannte sie im Display sofort, ob es lohnte ranzugehen oder eben nicht.

Sie drückte den Knopf des Anrufbeantworters. Die Zahl ‚2' blinkte hektisch und gefährlich rot.

‚1'. „Hallo, Liebes", flötete ihre Mutter, „schon lange nichts mehr von dir gehört. Lebst du noch? Wir müssen uns mal wieder treffen. Ja? Tschüss."

Ja, ja, mach ich, dachte Rebecca und sank in ihr Sofa. Ich sollte mit Caro mal wieder etwas trinken gehen. Tat immer ganz gut, sich bei einer Freundin auf andere Gedanken bringen zu lassen.

Aber Caro meldete sich nicht mehr. Zu viele Absagen und Ausreden. Enttäuschungen. Sie konnte es verstehen. ‚2':

„Hallo, Frau Rust!

Die Stimme ließ Rebecca instinktiv aufhorchen. Sie war anders. Monoton. Verzerrt. Männlich. Böse.

Ich melde mich nur ein einziges Mal. Hören Sie mir jetzt genau zu! Fahren Sie am Donnerstag, 24. August, um 22.30 Uhr, auf den Parkplatz am Guttenberger Forst! Dort warten Sie eine halbe Stunde! Sie gehen den Lehrpfad entlang in den Wald! Am Aussichtsturm biegen Sie nach rechts ins Dickicht ab! Dann gehen Sie geradeaus! Sie erreichen eine Lichtung. Gegenüber steht ein Jägerhochsitz. Sie bekommen dann weitere Instruktionen. Keine Polizei! Keine Tricks! Keine Waffe! Sie werden einen entscheidenden Hinweis auf die Mordserie finden. Versprochen! Ich bin Ihre einzige Chance. Bis bald.

Rebecca atmete stoßweise ein und aus. Sie bekam keine Luft. Stürzte aus dem Sofa in die Küche und hielt den Kopf unter den Wasserhahn. Ruhig jetzt. Nachdenken. Sie zitterte. Sie griff in den Kühlschrank und angelte sich die Flasche Quittenbrand. Sie nahm einen tiefen Schluck. Eine Zigarette. Beruhigung. Sie hörte das Band noch einmal ab. Die Stimme klang unnatürlich. Rückkoppelungen störten das Zuhören. Der Mörder hatte Kontakt aufgenommen. War es nur ein Irrer, der sich einen Scherz erlaubte? Fragen rasten durch ihren Kopf. Woher hatte der Anrufer ihre Nummer? Sie stand mit Klarnamen im Telefonbuch. Eine Stimmenanalyse würde zu lange dauern. Der 24. war schon übermorgen. Den anderen Bescheid geben? Nein. Noch nicht. Wenn es nur die üble Rache eines der überprüften Polizisten war, wäre die Blamage zu groß. Trotz allem war es ihre einzige Chance, den Anrufer ins Visier zu nehmen.

„O. k., du Arsch! Lass uns spielen. Ich habe nichts zu verlieren."

Sie meldete sich für die nächsten zwei Tage krank. Die Kollegen sahen es ihr nach. Sie wussten, dass ihre Chefin alles für sie tat.

Am Mittwoch blieb die Zeit stehen. Es gab keine Stunden, keine Minuten, keine Sekunden. Sie sehnte den Zeitpunkt des Treffens herbei. Sie konnte nichts essen. Die Nacht eröffnete sie mit *Vivinox*-Schlaftabletten.

Am Donnerstagabend irrte ein *Nissan Micra* durch die Straßen der Stadt. Rebecca hielt es zu Hause nicht mehr aus. Sie hatte irgendwann nicht mehr mitgezählt, wie oft sie den Anrufbeantworter abgehört hatte.

„Oh nein! Shit! Was ist das denn?"

Eine Polizeistreife winkte sie zur Seite.

„Guten Abend. Verkehrskontrolle. Ihren Führerschein und Fahrzeugschein bitte."

Sie kannte die Kollegen nicht. Alle sehr jung, wahrscheinlich Bereitschaftspolizisten, die man aufs echte Leben vorbereitete. Sie reichte die Papiere nach draußen. Verzichtete darauf, sich als Kollegin vorzustellen. Sie verlangten eine Kontrolle der Lichtfunktionen. Sie wusste, was kommen würde.

„Ihr linkes Bremslicht ist defekt, Frau Rust. Lassen Sie es mal bei Gelegenheit richten. Ich schreibe Ihnen einen Mängelbericht aus. Schöne Fahrt dann noch."

Geschafft. Die Abwechslung war ganz hilfreich.

Fünf Minuten vor halb elf rollte der *Micra* auf den beschriebenen Parkplatz. Kies knirschte unter den schmalen Reifen. Der Motor erstarb. Rebecca warf drei Beruhigungstabletten ein. Sie hatte Angst. Ihr Magen erzeugte unappetitliche Geräusche. Die Hände waren kalt. Schweiß auf der Stirn. Sie hatte das Gefühl, sie müsste pinkeln.

22 Uhr 30.

Rebecca stieg aus. An Rückkehr dachte sie nur kurz. Die Welt hatte es bis dato gut mit ihr gemeint. Selbst das Virus traute sich nicht, in ihr auszubrechen. Weil sie so stark war. Ihre Füße traten fest auf dem Waldboden auf. Sie glaubte, hinter sich schnelle Schritte zu hören. Das Keuchen kam näher. Sie stoppte. Wagte nicht, sich umzudrehen. Sie spürte heißen Atem in ihrem Nacken. Sie schloss die Augen. Dann Ruhe. Als sie sich umblickte, sah sie eine Joggerin, die sich den Waldweg entlangquälte. Sie atmete tief durch. Folgte dem beschriebenen Pfad. Sie hatte sich alles genau aufgeschrieben. Das Mondlicht brach die Dunkelheit auf. Die Hitze des Tages wurde durch die Bäume leicht gefiltert. Die Blätter waren von Seidenspinnerraupen wie Stecknadeln perforiert. Das Gelb der Butterblumen schimmerte noch schwach. Am Himmel zeigte sich der Trabant: prall und hell, mit dunklen Pickeln übersät. Ein Baumtelefon. Klar. Lehrpfad. Dann erblickte sie den Aussichtsturm.

Sie hielt inne. Lauschte. Absolute Stille. Sie schlängelte sich nach rechts ins Dickicht. In ihrem Körper spürte sie ein unangenehmes Kribbeln. Es fühlte sich an, als würden tausende Ameisen durch ihre Venen laufen.

Das Mondlicht bereitete ihr den Empfang. Es war noch hell genug, um sehen zu können. Gegenüber erkannte sie den Hochsitz. Alles wie beschrieben. Im diffusen Licht glaubte sie auf dem Gerüst eine Gestalt auszumachen. Sie kniff die Lider zusammen. Stand da, atmete tief ein, nahm die Stille langsam in sich auf.

„Ich bin da!"

Ihre Stimme klang alles andere als überzeugend.

„Ich bin da!" Ein weiterer Versuch, laut und selbstbewusst zu klingen.

Aus Richtung des Hochsitzes ertönte eine Stimme. Monoton. Blechern:

Guten Abend, Frau Rust.

Ich gebe Ihnen nun weitere Anweisungen. Wenn Sie diese erfüllen, halte ich Wort.

Ziehen Sie Ihr Oberteil aus und gehen Sie mit entblößter Brust in die Mitte der Lichtung! Dort bleiben Sie zehn Minuten stehen! Sie bewegen sich nicht vom Fleck! Nach Ablauf der Zeit können Sie gehen. Der Hinweis befindet sich am Hochsitz.

Rebecca schloss die Augen. Sie begann zu weinen, als sie ihr T-Shirt über den Kopf zog und zu Boden fallen ließ. Sie löste den Bügel des BHs. Schritt für Schritt bewegte sie sich in die Mitte der Lichtung. Sie hatte ihre Arme über der Brust verschränkt. Ihre Blicke versuchten verzweifelt, Dinge einzufangen, die später von Bedeutung sein konnten. Äste und Zweige der Bäume krallten sich in den nächtlichen Himmel. Ihr Blut in den Adern schien rückwärtszufließen.

Zehn Minuten waren um. Ruhe.

Die Gestalt auf dem Hochsitz hatte sich nicht ein einziges Mal bewegt. Vielleicht erlag sie auch nur einer Halluzination. Sie holte ihre Kleidung und zog sich an. Dann tastete sie sich in gebückter Haltung, den Kopf nach links und rechts gewandt, über die Lichtung zum Hochstand. Sie lauschte in die Nacht. Von der Kanzel des Hochsitzes war kein Geräusch zu hören. Sie fasste allen Mut zusammen. Sie kletterte die Sprossen hoch. Wut und Schmerz stiegen in ihr hoch, als sie oben angekommen war. Sie hatte sich die Gestalt nicht eingebildet. Es war eine Schaufensterpuppe. Der kranke Humor eines Psychopathen. Sie schleuderte die Puppe aus der Kanzel. Kletterte rasch nach unten. Auch wenn es dunkler geworden war, bereitete ihr der Mond genügend Licht, um sich noch hektisch nach diesem verdammten Hinweis umzusehen. Sie fand jedoch nichts. War verzweifelt. Sie wusste ja auch gar nicht, nach was sie suchen sollte. Ihr Körper wurde von Ekel durchgeschüttelt. Sie verfluchte diesen ekeligen Dreckskerl, der sie so erniedrigt hatte.

Sie riss sich die Klamotten vom Leib und stopfte sie in den Altkleidersack. Die Dusche entließ kaltes Wasser auf den Leib. Sie wusch sich den Schmutz und die Scham ab. Sie beobachtete, wie der Schaum des Tages gurgelnd im Abfluss verschwand.

Ihre Gedanken rotierten. Die Puppe lag auf dem Rücksitz des *Micra*. Es war kurz nach Mitternacht. Sie wählte Rolands Nummer.

18

Er hat angerufen! Ich war im Wald. Ein Psychopath. Der Mörder. Ich weiß gerade nicht weiter."

Sie schluchzte.

„Er hat mich … Der Beweis. Ich finde ihn nicht! Bitte komm vorbei!"

Das Gespräch brach abrupt ab.

„Wer? Hallo? Rebecca? Was ist los?"

Roland war verwirrt. Er war vor dem Fernseher eingeschlafen. Das Telefonläuten hatte ihn unsanft aus dem Schlaf gerissen. Jetzt war er hellwach. Er wusste, dass Rebecca nur um diese Zeit anrief, wenn etwas wirklich Dringendes vorlag. Sie hatte sich angehört, als habe sie einen Nervenzusammenbruch.

Roland war, indem er die Verkehrsregeln außer Acht ließ, zehn Minuten später an Rebeccas Wohnung. Parterre, links vom Eingang. Die Haustür lag im Schnappschloss, so dass er sie nur aufdrücken musste. Im dunklen Flur hingen hungrige Briefkästen mit offenen Klappen.

Er klingelte.

Rebecca trug Jeans und ein weites T-Shirt. Auf dem Rücken

stand *Kill myself.* Sie war barfuß. Ihre langen schwarzen Haare hatte sie zu einem Zopf gebunden. Ungeschminkt und verheult fiel sie Roland in die Arme.

„Danke, dass du gekommen bist."

„Ist doch selbstverständlich. Was ist passiert?"

Rebecca erzählte schluchzend das Erlebte. Beide saßen sich eine Weile sprachlos gegenüber.

„Mir geht es jetzt schon besser. Ich mache uns mal einen Kaffee. Danke, Roland, du bist echt ein Freund."

Roland ging zur Stereoanlage und drückte die Play-Taste.

Rebecca stürzte aus der Küche.

„Bitte nicht das. Das kann ich jetzt nicht hören. Das macht mich noch mehr fertig. Bitte, Roland."

Roland wechselte Schuberts *Der Tod und das Mädchen* gegen Musik von Alicia Keys *A woman's worth* aus.

Über dem Sofa hing ein gerahmtes Poster von Steve Steigman. Die Kraft der Musik bläst einen Mann in seinen Sessel. Roland ließ sich ins Sofa fallen.

„Die Puppe ist im Auto. Und im Wald soll ein Hinweis sein. So weit, so gut. Ich bin der Meinung, du brauchst jetzt dringend Personenschutz, Rebecca. Und wir haben uns über René aufgeregt, über seine Theorien, wir Idioten. Der Mörder ist hinter dir her. Keine Frage. Die Zettel, auf denen ICH TÖTE DICH! steht, bekommen einen Sinn. Rebecca, der Mörder hat es eindeutig auf dich abgesehen. Er will dich töten oder durch dich eine Art Absolution für sein krankes Hirn erfahren. Oh Gott, ich kann's ja selbst kaum glauben. Ich kann es mir nicht anders erklären, nach dem, was vorgefallen ist.

Wir müssen die Mannschaft zusammentrommeln und den Wald nach dem Hinweis absuchen. Wir sollten keine Zeit verlieren."

„Das alles macht mir jetzt richtig Angst. Aber ich glaube immer noch, dass ich, ich meine wir, das Schwein schnell fassen müssen, bevor uns das LKA reinpfuscht. Das mit dem Personenschutz lass mal stecken. Ich nehme meine Waffe ab jetzt immer mit. Mir passiert schon nichts."

Sie atmete tief ein.

„Da ist noch etwas, das ich dir erzählen möchte. Weil ich dir vertraue. Ich brauche das jetzt. Vielleicht gerade jetzt."

Roland blickte ungläubig. Zog die Augenbrauen nach oben. Hielt den Kopf schief. Was kam jetzt noch? Es reichte doch für den Abend.

„Roland. Ich mache dich jetzt zu meinem Therapeuten. Wirst du ein Geheimnis mit mir teilen?"

„Mit dir immer, Rebecca."

„Ich möchte nur eins. Das, was ich dir erzähle, geht niemanden etwas an. Es muss zwischen uns bleiben. Die Leute erfahren es wahrscheinlich noch früh genug."

Roland schloss die Augen.

„Hast du Krebs?"

„Ich bin HIV-positiv."

Roland atmete schwer.

„Du hast AIDS?"

„Nein, eben nicht. Ich bin nur …", sie malte Gänsefüßchen in die Luft, „… angesteckt. Das Virus brach noch nicht aus. Mir geht es so weit ganz gut. Ich nehme Pulver und Tabletten.

Aber ich merke manchmal, dass ich schwächer werde. Schneller einen Schnupfen bekomme und solche Sachen. Und immer dann, wenn ich irgendwo Bruce Springsteens *Streets of Philadelphia* höre, beginne ich zu heulen: ‚*I can see myself fading away*'."

Sie lachte laut und unnatürlich auf.

„Du willst wissen, wie das passiert ist? Nein, nicht im Dienst. Da hätte ich es angezeigt. So bescheuert bin ich nun auch nicht. Es passierte auf einem Open Air bei Tuttlingen. *Southside.* Ich war mit Caro, einer Freundin, dort. Wir waren drei Tage angesoffen. Haben mal ein bisschen was Verbotenes getan. Haben ein paar Tüten geraucht. Es hat Spaß gemacht, gebe ich ja zu. Mal die Sau rauslassen. Roland, du kennst mich. Na ja, und wie das Leben halt so spielt: Der Typ sah einfach fantastisch aus. Und dann … Mehr brauche ich wohl nicht zu sagen. So einfach geht das. Zack! Und du bist tot."

„Na ja, biste ja nicht. Die Medizin macht ja auch Fortschritte."

Sie schwiegen. Bedrückt blickten sie zu Boden.

„Roland?"

„Puh, ein bisschen viel auf einmal. Was ist?"

In ihren Augen schwamm das Salz verzweifelter Tränen.

„Nichts. Schon gut."

Roland hatte die Hände auf dem Waschbecken abgestützt. Er sah in den Spiegel. Er benetzte sich das Gesicht mit Wasser aus der Leitung. Vielleicht spiele ich Klavier, weil mir die Wahrheit zu roh ist. Die Töne legen den Mantel der Fantasie darüber.

Rebecca saß im Schneidersitz auf dem Boden des Wohnzimmers. *Kill myself* starrte ihn an. „Wenn ich mit dir schlafe?“, dachte er. Er kniete sich hinter sie. Spürte, dass sie mit ihren Gedanken weit weg war. Sie erschrak. Ließ zu, dass seine Hände zart ihre Schultern umfassten. Die Ansteckungsgefahr beträgt 0,01 Prozent, schoss es ihr durch den Kopf. Er löste den verknoteten Zopf. Die Haare fielen wallend nach unten. Die Augen geschlossen, erwartete sie Rolands Kuss. Seine Hand streichelte den Haaransatz. Kribbeln. Ein Zeigefinger fuhr die Konturen des Ohres nach. Die Härchen auf der Oberlippe signalisierten Erregung. Das Blut der Lippen pochte.

Zungen tobten wie Delfine über Wellen. Die Hitze in den Körpern stieg. Roland schob seine Hand unter das T-Shirt. Die Nippel ihrer Brüste schwollen an. Sein Penis drückte gegen ihren Rücken. Sie drehte sich aus seiner Umklammerung. Speichel lief ihr aus dem Mund.

„Du schmeckst so gut.“

Sie nestelte an Rolands Hose, öffnete den Gürtel, den Reißverschluss und zog ihm die Jeans nach unten. Sie wälzten sich über den Teppich. Sie bot ihm ihre Zunge an. Als er zuschnappte, zog sie sie wieder zurück. Sie genossen es, sich gehen zu lassen. Er biss sanft in ihre Brustwarze. Sie begann, seinen Penis zu massieren. Sie sprang auf, holte aus ihrer Handtasche ein Kondom. Nahm es zwischen die Zähne. Geschickt stülpte sie das Gummi über das erigierte Glied. Sie spürte, dass Roland kommen würde. Aber sie wollte ihn in sich spüren. Sie setzte sich auf ihn. Küsste ihn. Kam auf ihm. Mit ihm.

Rebecca blieb nichts übrig, als die Mannschaft über den Anruf, das Geschehen im Wald, zu informieren. Sie hatte mit Roland die Puppe aus dem Wagen geholt und nochmal genauer unter die Lupe genommen. Doch sie fanden auch hier keinen Hinweis. Die Erniedrigungen verschwieg sie. Erklärte, dass sie versucht habe, die Kollegen zu erreichen, aber die Zeit zu knapp bemessen schien. Es sei ja nichts weiter passiert, und außerdem galt es jetzt, keine Zeit zu verlieren.

„Hier! Kommt mal her! Ich habe was gefunden!"

Norbert hielt triumphierend mit spitzen Fingern, die in weißen Handschuhen steckten, ein Taschentuch mit klebrigen Spuren hoch. Er rümpfte die Nase.

„Hier hat sich wohl einer einen abgewichst", schloss er seine Gedanken ab.

Das Taschentuch hatte direkt unter dem Hochsitz gelegen.

Rebecca verfluchte sich, dass sie es in der Nacht nicht bemerkt hatte. Sie schob es ihrer Hektik zu, nicht ihrer Angst. Der Teststreifen *Phosphatesmo*, den sie mit ihrer Spucke befeuchtete, verfärbte sich violett: Sperma.

Die Beamten fuhren zurück in die Dienststelle. Es war bereits nach Dienstschluss. Sie wollten keine Zeit verlieren. Rebecca hatte einen Kurs für erkennungsdienstliche Behandlungen belegt. Sie kannte sich aus. Das Labor blieb im Dunkeln. Sie schloss das sogenannte *Polylight* an und setzte sich eine Schutzbrille auf. In der Bedienungsanweisung las sie die Frequenzanleitung durch. Dann nahm sie den aluminiumummantelten Schlauch des Gerätes und tastete das Taschentuch ab. Die Szene war in ein intensives Blau getaucht. In der Lichtquelle sah sie, dass sich die Substanz auf dem Taschentuch hell verfärbte. Nun war sie sich sicher. Es war Sperma, wahrscheinlich von dem Psychopathen oder vom Mörder. Bei den anschließenden Laboruntersuchungen stellte sich tatsächlich heraus, dass das Sekret die gleichen Parameter wie das Ejakulat auf Langners Körper aufwies. Es gab keinen Zweifel. Der Mörder hatte zu Rebecca eine perfide Verbindung hergestellt.

Rebecca schrieb die Zwischenberichte für die Staatsanwaltschaft und ihre Vorgesetzten. Sie konnte nichts mehr tun. Aus der Öffentlichkeitsfahndung, den Befragungen, ergaben sich keine Hinweise. Die Bevölkerung schien eher schockiert, was in ihrer beschaulichen Stadt passiert war.

Rebecca verspürte jedoch intuitiv, dass es nicht mehr lange dauern konnte, bis sich der Mörder abermals bei ihr melden würde. Er hatte sein Spiel begonnen und würde es zu Ende bringen wollen. Da war sie sich sicher.

Sie saß noch vor dem Bildschirm ihres Computers, nachdem bereits alle von der Soko gegangen waren. Sie gab vor, noch einige Vermerke redigieren zu müssen. Roland hatte sie mit einem Blick angedeutet, sich heute von ihr fernzuhalten.

Es war schon kurz nach 21 Uhr. Der Schichtwechsel war vollzogen. Die Streifen unterwegs. Sie schlich in den Keller. Holte die Puppe aus der Asservatenkammer und ging in den Schießstand.

Der Plastikkörper stand nackt an der Wand. Die künstlichen Augen glotzten starr. Rebecca setzte die Ohrenschützer auf und nahm ihre Pistole zur Hand.

„Sind zwar nur 9 mm. Aber für dich gut genug!"

Der erste Schuss riss den linken Plastikarm vom Körper. Drei Kugeln fraßen sich in die Brust. Die vorletzte fand den Weg in den Unterleib. Sie zielte. Der letzte Schuss. In den Kopf. Sie drückte ab. Das Projektil schlug die Schädeldecke weg. Befriedigung und Abscheu nahmen von ihr Besitz.

Der Qualm biss sich in die Lungen. Als sie an die Gestalt herantrat, schlug sie mit der rechten Faust den Kopf ab und steckte ihn zusammen mit den Überresten der Puppe in einen Plastiksack. Den stellte sie in den hintersten Bereich der Asservatenkammer.

19

Rufer nahm einen Termin im Präsidium wahr.

Na gut, dann ging sie eben zu Wiegand. Sie wollte nicht länger warten. Es musste sein. Nach Abschluss der Schreibarbeiten war es immer besser, noch einmal persönlich mit den Chefs zu sprechen. Und bei Wiegand wollte sie gut Wetter machen.

Die Vorzimmerdame winkte sie wortlos durch. Wiegand saß hinter seinem Schreibtisch. Er lächelte. Wie der Haifisch aus *Findet Nemo.*

„Frau Rust, meine Liebe, schön, Sie zu sehen. Nehmen Sie doch Platz."

„Herr Wiegand. Sie haben meinen Bericht gelesen. Ich habe zwar noch keine hundertprozentigen Beweise, aber aufgrund der akuten Lage bin ich sicher, dass der Täter bald ein Zeichen von sich geben wird. Ich habe die Sache nun fest im Griff. Was ich aber dringend brauche, ist Vertrauen und Ihre Solidarität. Das Team ist hoch motiviert und gibt mir Rückendeckung. Ich bin mir absolut sicher, dass der Täter aus unseren eigenen Reihen kommt. Streitenberger hatte die Theorie schon mal aufgeworfen. Wir fanden Sie damals zu abstrakt. Aber jetzt …"

Wiegand schob sich die Lesebrille mit einem Räuspern nach hinten. Er unterbrach sie mit einem energischen Vorbeugen seines Oberkörpers.

„Wissen Sie, was Sie da sagen, meine Liebe. Ein Mörder aus den eigenen Reihen. Wenn die Sache so brisant ist, wie Sie sagen, und ich Ihnen Ihre, sagen wir mal, abstruse Theorie glauben soll, können wir das hier nicht weiter besprechen."

Er deutete mit einem Kopfnicken auf die Tür zum Vorzimmer.

„Diese Tür hat Ohren, wissen Sie! Wir sollten uns beide ungestört treffen. Offenbar ist Eile geboten. Wie sieht es heute Abend aus?" Er überlegte kurz. „Kennen Sie Escherndorf?"

Rebecca bejahte.

„Wir sehen uns im Gasthaus *Zur Krone*. Dort kann man das Notwendige mit dem Angenehmen verbinden. Die Angelegenheit bleibt unter uns. Kein Wort zu Ihren Kollegen. Wir müssen uns eine Strategie ausdenken, die keine Zweifel an Ihrem Vorgehen zulässt. Ich verlasse mich auf Sie, Frau Rust. Und übrigens: Ich halte große Stücke auf Sie. Ich wollte Sie mit meinem Bevormunden nur etwas aus der Reserve locken. Das werden Sie mir doch verzeihen! 20 Uhr. Dann sind die Temperaturen vielleicht etwas angenehmer."

„Und Herr Rufer? Soll er mitkommen?"

„Rufer werde ich Bescheid geben. Ich weiß, dass er heute noch nach Ainring fahren muss, um morgen früh einen Vortrag zu halten. Adieu, Frau Rust."

Rebecca war über den Gesprächsverlauf leicht verwirrt. Wiegand war so charmant, so anders als sonst. Gut, er hatte sich bei ihr entschuldigt. Er wollte sie motivieren, als ob sie das nötig gehabt hätte. Sie zuckte mit den Schultern und maß dem Ganzen keine weitere Bedeutung bei. Schließlich brauchte sie ihre Vorgesetzten, um freie Hand bei der Jagd nach dem Phantom zu haben. Sie ließ sich auf den Vorschlag Wiegands ein.

„Abgemacht, Herr Wiegand. Ich werde da sein."

Beim Gehen drehte sie sich nochmal um. Ihr war etwas aufgefallen.

„Was haben Sie da eigentlich im Gesicht? Dieser Striemen. Etwas Schlimmes? Sind Sie in einer schlagenden Verbindung?"

„Sie sind aber neugierig! Nein, nichts von beiden. Ich habe mich schlecht rasiert heute Morgen. Nass, Sie verstehen?"

Sie verstand und verließ das Büro. Sie hatte noch nie jemanden gesehen, der sich so beim Rasieren verletzte. Sie drückte den Aufzugknopf. Dann erst sah sie das Schild: *Defekt*.

20

Der Mann saß hinter dem Schreibtisch.

Seine zittrigen Hände nahmen die Schatulle, strichen zärtlich über den Deckel. Er ließ die Briefe unberührt. Er nahm einen *Dupont*-Füller zur Hand. Die Tinte formte Worte auf geschöpftes Papier:

Mutter!

Die ich lieben wollte, wie niemanden sonst auf der Welt. Du hast mich enttäuscht wie niemand sonst auf der Welt. Hast meinen Vater, den ich nie kannte, nie kennenlernen durfte, verraten! Warum?

War Dir das Glück Deines Körpers wirklich wichtiger als ein Menschenleben? Was war der Polizist für ein Mensch? Ich wollte ihn nicht kennenlernen. Stimmt. Aber hast Du je einen Versuch unternommen, ihn mir nahezubringen? Vielleicht wäre ich, in der Lüge aufgewachsen, ein glücklicher Mensch geworden.

Wer weiß? Mutter!

Ich habe getötet und Schuld auf mich geladen. Ich mache Dich dafür verantwortlich! Es wird niemand verstehen können. Aber erst wenn ich vor einem göttlichen Gericht knie, werde ich Rechenschaft ablegen müssen.

Die Polizistin wird sterben.

So sind die Spielregeln. Ein perfides Spiel.

Es befriedigt mich, zu beobachten, wie sie leidet, weil ihr die Beweise fehlen, die sie weiter nach oben zum Erfolg katapultieren könnten.

Ihr wird am Ende des vermeintlichen Triumphes der Tod ins Auge blicken.

Und Rufer, dieser alte Schwächling, wird in Verzweiflung ausbrechen und seinen Schöpfer schelten. Die Verbrechen waren mein Ventil, dessen entweichende Luft mich atmen ließ.

Mutter!

Meine Schuld begann mit deiner Schuldigkeit!

Er blies die Schrift trocken. Faltete den Brief sorgfältig und legte ihn zu den anderen in die Schatulle.

21

Escherndorf.

Eine gute halbe Stunde Fahrzeit von Würzburg in Richtung Volkach. Sie wollte pünktlich sein. Für Duschen, Schminken und Haarefrisieren benötigte sie knapp eine Stunde. Aus dem Schrank griff sie sich das rote *Chanel*-Kostüm, das sie für besondere Fälle parat hatte. Schwarze Strumpfhosen von *armando d'allesandro*, dunkelblaue High-Heels von *Bella Donna*. Sie küsste sich selbst im Flurspiegel und tänzelte beschwingt aus der Wohnung. Es war schon lange her, seit sie sich so für jemanden herausgeputzt hatte.

Als der *Micra* erst beim dritten Mal ansprang, bildeten sich Schweißperlen auf der Stirn. Auf dem Filter der *Marlboro* hinterließ der Lippenstift sichtbare Spuren.

Nach fünfzehn Kilometern Fahrt formierte sich die typisch fränkische Weinlandschaft. Es war Urlaubsland geworden. Sie fuhr vorbei an Versuchsfeldern des Gutes Seligenstadt. Kartoffelfelder säumten die Straße. In der Ferne ragten die Kühltürme des AKW Grafenrheinfeld in den abendlichen Himmel. Wind formte den Wasserdampf zu bedrohlichen Figuren. Die alte Bahnlinie nach Volkach schlängelte sich wie ein Wurm durch die Landschaft. Ein Bahnübergang. Das *Weiße Haus*. Dann wies sie ein Verkehrsschild nach rechts steil bergab, flankiert von Weinstöcken. Die Winzer bauten auf einzigartigen Steillagen beeindruckende Silvaner aus. Der liebe Gott hatte hier ein Stückchen Schönheit auf den Boden geworfen. Eine Kreuzung. Gegenüber das Gasthaus *Krone*. Rebecca parkte ihren Wagen vor das Schild ‚*100 m bis zur Fähre*'.

Selbst in den Abendstunden, hier auf dem Land, war die Hitze noch spürbar. Angenehmer als im Würzburger Kessel, blies doch ein leichtes Lüftchen vom Main her.

Beim Aussteigen knickte sie leicht um. Ein unangenehmer Schmerz biss sich in den linken Knöchel. Hausgauben reckten sich in die Seitenstraße. Das Dach des Gasthauses war mit Biberschwanzziegeln gedeckt. Eine bunt bemalte Winzerin mit Trauben und Brotzeit, ein Häcker mit Hacke und Weinkrug in den Händen begrüßten die Ankommenden von der Hauswand herab. Ein Butzenfenster trennte die beiden schon seit 1934.

Rebecca trat durch einen geschmiedeten Torbogen. Eine rostige Lampe wies ihr den Weg. Sie atmete tief durch und drückte die Klinke der Eingangstür. Auf dem Holzparkett knarzte jeder Schritt. Als Wiegand sie sah, erhob er sich und erwartete sie an einem kleinen Tisch, auf dem zwei Kerzen brannten.

„Guten Abend, Frau Rust." Er blickte auf seine Armbanduhr. „Ich schätze Ihre Pünktlichkeit, meine Liebe."

Er trat hinter sie, um ihr den Stuhl zurechtzurücken. Alte Schule. Beeindruckend.

„Guten Abend, Herr Wiegand. Nettes Ambiente."

„Wissen Sie, ich verbringe hier oft meine Freizeit. Hier kann ich entspannen. Wandern, Radfahren, Wasserski. Der Campingplatz ist gleich unten am Main. Man unterschätzt diese Gegend noch ein wenig. Es muss nicht immer das Ausland sein. Zudem ist der Wein hier eine Klasse für sich. Sind Sie damit einverstanden, dass wir uns erst ein leckeres Mahl gönnen, bevor wir über die ernsten Dinge des Lebens sprechen? Ich komme nämlich um vor Hunger."

„Aber gerne. Stört es Sie, wenn ich rauche?"

„Ich habe zwar das Rauchen erst vor ein paar Tagen aufgegeben. Aber bitte."

Sie gingen beide vor die Tür. Wiegand aus Höflichkeit, Rebecca, weil sie die anderen Gäste beim Essen nicht stören wollte. Schweigend standen sie beieinander. Rebecca inhalierte tief. Der Rauch ihrer Zigarette schwebte in die Gassen des pittoresken Dorfes.

Wiegands Anzug von *BOSS*, das weiße Hemd und die goldfarbene Krawatte wirkten etwas overdressed. Passte jedoch gut zusammen, fand Rebecca. Ihr stieg sein Eau de Toilette von *Kenzo* in die Nase. Als Rebecca fertig geraucht hatte, gingen sie zurück in den Gastraum.

„Darf ich Ihnen etwas aussuchen? Mögen Sie Fisch?"

Ihre Gedanken fokussierten sich wieder auf Wiegand.

„Ja. Ja, sehr sogar. Dann muss ich nicht so lange in der Karte suchen. Danke."

Wiegand streckte seinen Zeigefinger in die Luft.

„Herr Ober. Welches Fischgericht können Sie heute empfehlen? Wir essen beide das Gleiche."

„Meine Dame. Mein Herr. Ein leichtes, aber sehr schmackhaftes und bekömmliches Gericht wäre Zanderfilet auf Blattspinat in Rotweinbutter. Als Beilage servieren wir Salzkartoffeln aus der Region. Dazu empfehle ich einen trockenen Riesling von *Horst Sauer*. Darf es eine kleine Vorspeise sein? Ein Aperitif? Zwei Gläser Secco? Jawohl, mein Herr. Danke sehr."

Die Flüssigkeit prickelte in der Kehle und stieg Rebecca sofort in den Kopf. Sie errötete leicht.

„Frau Rust, entschuldigen Sie bitte die indiskrete Frage. Aber es interessiert mich schon die ganze Zeit. Wir Vorgesetzte denken immer bürokratisch, nehmen uns nie Zeit für das Privatleben unserer Mitarbeiter. Ihre Familie leidet sicher unter der derzeitigen Belastung. Haben Sie eigentlich einen Partner? Ich weiß, dass Sie bei den Ermittlungen sehr unter Druck stehen, und da dachte ich, nun, wenn Sie mal eine Auszeit bräuchten, Ihr Privatleben zu sortieren, dann können Sie natürlich auf mein Verständnis bauen. Machen Sie mir nichts vor, Frau Rust. Sie und Staatsanwalt Bohm verstehen sich schon prächtig."

Rebecca musste laut auflachen.

„Bohm und ich? Vergessen Sie den Gedanken, Herr Wiegand. Bohm ist ein netter Kerl und vor allem ein richtig guter Pragmatiker. Kein typischer Jurist, der nur die Paragrafen reitet. Wir haben uns bei einigen Fällen prima ergänzt, stimmt. Das ist auch schon alles. Aber witzig, dass Sie so etwas denken."

Rebecca war erstaunt über Wiegands Interesse an ihr. Er war sehr eloquent und höflich. Neugierig, aber gar nicht so arrogant und von oben herab, wie man ihn sonst so kennt. Ein Lächeln huschte über ihr Gesicht. Eigentlich wollte sie den Nachforschungen Wiegands ausweichen, aber sie dachte, bevor er sie weiter, mit vielleicht noch intimeren Fragen, löchern würde, gab sie ihm lieber eine Antwort.

„Ich lebe in keiner Beziehung. Außer der mit *Ferdinand*. Ein Kater. Bei mir ist alles in Ordnung. Machen Sie sich da mal keine Sorgen. Der Kater ist der einzige Mann in meinem Leben." Sie grinste und blickte verstohlen auf ihr Glas, in dem der Secco prickelte. „Und was ist mit Ihnen? Haben Sie die richtige Frau fürs Leben gefunden? Eine, die Ihnen den Rücken freihält. Schließlich tragen Sie auch Verantwortung für die Kollegen."

„Meine Beziehungen scheiterten an meinen Ansprüchen. Alleine zu sein bedeutet für mich, keine Kompromisse eingehen zu müssen. Und Körperlichkeit, seien wir doch mal ehrlich, Frau Rust, wird doch sehr überschätzt. Man suggeriert uns, dass Liebe gleichbedeutend sei mit Harmonie und Ausgeglichenheit. Ich finde, wir leben in einer pornografischen Welt. Nein. Da bin ich mir selbst genug. Ich liebe mich. Ich weiß, das hört sich überheblich an. Ich liebe mich selbst, um niemand anderen und mich zu verletzen. – Ah, da kommt ja das Essen. Mmhhmm. Lassen Sie den Duft in Ihre Nase ziehen. Lassen Sie zu, dass der Geruch Ihre Sinne kitzelt. Herr Ober, verraten Sie uns doch das Geheimnis der Zubereitung."

Die Teller standen vor ihnen auf dem Tisch. Rebecca freute sich. Sie hatte schon lange nicht mehr so exklusiv gespeist.

„Für den Zander nimmt der Koch das Filet. Er gibt dazu: Schalotten, Traubenkernöl und trockenen Silvaner. Den Blattspinat begleiten Butter, Muskat und ein Hauch Knoblauch. Für die Rotweinbutter nehmen wir Spätburgunder, Fischfond, kalte Butter in Flocken, geschlagene Sahne und Rote-Beete-Saft. Die

Weine, die im Essen Verwendung finden, sind natürlich alle aus Escherndorf. Guten Appetit."

Der Ober schien die Zutaten in ein Gedicht verwandelt zu haben.

„Die Auflistung der Zutaten hat eine Nähe zur Erotik. Nicht wahr?" Wiegand lächelte. „Nichts für ungut. Lassen Sie es sich schmecken."

Die beiden stießen mit einem *Escherndorfer Lump* auf das Essen an. Als Rebecca das Etikett las und zu Wiegand aufblickte, musste sie innerlich sehr lachen.

Nachdem sie zu Ende gespeist und einen Espresso vor sich stehen hatten, wollte sich Rebecca eine Zigarette anstecken. Doch Wiegand beeilte sich, sie darauf hinzuweisen, dass in dem Lokal Rauchverbot herrschte. Rebecca steckte die Schachtel zurück in ihre Handtasche. Nach draußen zu gehen, hatte sie keine Lust. Dafür drängte die Frage zu sehr:

„Warum genau, Herr Wiegand, haben Sie mich hierherbestellt? Sie führen mich zum Essen aus. Sind so ganz anders als sonst. Ist es wirklich so, dass Sie niemanden in Ihrer eigenen Dienststelle trauen? Oder, verzeihen Sie, wenn ich so direkt frage, wollen Sie mit mir anbandeln? Das, Herr Wiegand, würde ich nicht zulassen."

Rebecca überspielte ihre Unsicherheit, indem sie fest ihr Weinglas umklammerte. Es war ein Impuls, vielleicht auch der Wein, der sie losplappern ließ.

„Überlegen Sie doch mal, Frau Rust. Meine Liebe. Wir stehen alle unter Druck. Ich möchte hier nur in aller Ruhe, weg von all dem Stress, die Dinge besprechen, wie wir gemeinsam die Mordserie stoppen können. Manchmal kommt man in solch einer Atmosphäre auf die besten Gedanken. Ich wollte Ihnen nicht zu nahe treten. Da können Sie ganz beruhigt sein. Sie machen sich offenbar nicht die geringste Vorstellung, wie stark uns die Medien im Nacken sitzen. Wir können von Glück reden, dass unsere Pressestelle so gute Kontakte hat und die Meute ein wenig hinhalten kann."

„Ja. Sie haben ja Recht. Entschuldigen Sie. Ich …"

Es entstand eine unangenehme Pause. Ihre Blicke wichen einander aus.

„Frau Rust! Jetzt mal ganz ehrlich: Haben Sie sich in Ihren Planspielen – Sie sind schließlich eine Frau mit Fantasie – vorgestellt, ich könnte der Gesuchte sein? Reden Sie ruhig Tacheles. Gehörte auch ich zu Ihrem Kreis der Verdächtigen?"

Rebecca verstand nicht. Glaubte, sich verhört zu haben. Blickte in das Gesicht Wiegands, das leicht vom Alkohol gezeichnet war. Was sollte das?

Wiegand schaute sich um. Beugte sich leicht über den Tisch. Grinste.

„Sie haben schon richtig gehört. Was, wenn ich der Mörder wäre?"

„Herr Wiegand! Jetzt hören Sie doch auf! Sie haben getrunken! Ich finde das erniedrigend. Für Sie und für mich. Niemand ärgert sich so sehr wie ich selbst, dass ich noch keine heiße Spur gefunden habe!"

Rebecca war empört. Wiegand schien sich zu fangen und war sich offenbar der Ungeheuerlichkeit seines Redens bewusst.

„Natürlich! Sie haben Recht. Entschuldigen Sie meinen Fauxpas. Ich habe wahrscheinlich wirklich zu viel getrunken. Ich weiß auch nicht, was in mich gefahren ist. Ich wollte den Abend mit Ihnen genießen. Habe ich auch. Ich bin ein wenig verwirrt. Durcheinander. Ich weiß auch nicht, was mit mir los ist."

„Herr Wiegand? Ist alles in Ordnung? Geht es Ihnen nicht gut? Sie wirken so abwesend."

Wiegand schien eine körperliche Veränderung durchzumachen. Seine Hände zitterten und auf der blassen Gesichtshaut stand Schweiß. Er schwitzt tatsächlich, dachte Rebecca.

„Bitte gehen Sie jetzt! Mit mir ist alles in Ordnung. Machen Sie sich keine Sorgen. Wir sprechen uns morgen im Büro. Ich werde Frau Lemper frei geben. Kein Wort über unser Treffen! Zu niemandem! Danke für den schönen Abend. Und entschuldigen Sie meine Unpässlichkeit. Bitte gehen Sie jetzt! Adieu!"

„Aber …! Die Strategie? Unser Konzept?"

„Morgen, Frau Rust. Morgen. In aller Ruhe. Ich sorge dafür, dass wir alleine sind. Sie haben Recht. Mir ist nicht wohl. Vielleicht der Fisch. Adieu, Frau Rust."

Konsterniert verließ Rebecca die Gaststätte. Sie war irritiert. Es war dunkel geworden. Eine kühle Brise wehte vom Main heran, strich über ihre Arme, auf der sich eine Gänsehaut gebildet hatte, und drückte die Härchen nach unten. Der Motor ruckelte, sprang aber an. Sie trat das Gaspedal voll durch, so dass die kleine Maschine erschrocken aufheulte.

Was war gerade schiefgelaufen? Ein perfides Spiel? Wiegand war einfach zu angetrunken. Sie selbst spürte den Alkohol im Blut. Andererseits, wenn sie die paar mickrigen Ermittlungsergebnisse Revue passieren und viel Fantasie walten ließ, konnte natürlich auch Wiegand als Täter infrage kommen. Nein! Es konnte nicht sein. Dann könnte wirklich jeder Polizist der Mörder sein und die Fälle verstaubten in den Akten. Und wer sagte denn, dass der Mörder aus Würzburg kommen muss? Rebecca schimpfte sich ob solcher Gedanken. Der Mörder kam aus den Reihen der Polizei, da war sie sich sicher. Aber Wiegand, ein Mörder? Nein. Ein seltsamer Mensch, ja, aber kein Mörder.

Der Gedanke ließ sie die ganze Fahrt nicht los. Was könnte ein Motiv für Wiegand sein, zum Mörder zu werden? Wenn er ihr schon so einen Abend bereitet hatte, dann sollte er sich nicht in ihr getäuscht sehen. In ihrem Kopf nahmen Pläne Gestalt an, während sich die Mittellinien der Fahrbahn in ihr Gehirn fraßen. Wiegand sollte diesen miesen Abend, der so nett begonnen hatte, nicht vergessen.

22

Rebecca tippelte im Flur vor Wiegands Büro nervös von einem Fuß auf den anderen.

Sie hatte die Nacht kein Auge zugetan. Ihr Gesicht sah müde aus. Fiebrige Wachträume ließen das Virus zu einem Geschwür anwachsen, das sie zu ersticken drohte.

Sie klopfte sachte gegen die Tür des Sekretariats. Als sie keine Antwort bekam, öffnete sie und tastete sich ins Büro der Chefsekretärin. Sie war tatsächlich nicht da. Sie dachte an Rufer. Der arme Rufer. Sie wollte ihn nicht informieren. Ihr Gedanke war zu verrückt. Aber er war eine Chance. Sie wünschte sich, dass ihr

Plan ins Leere laufen würde. Wenn sich alles fügen würde, wie sie es sich gestern auf der Heimfahrt ausgemalt hatte, dann … Ja, dann! Es würde einen Skandal erster Güte auslösen. Ihre Versetzung zur Folge haben. Ende der Karriere. Sie fasste sich ein Herz und ging auf Wiegands Zimmer zu. Scheiß drauf! Wahrscheinlich habe ich unrecht. Und passieren wird mir eh nichts!

„Guten Morgen, Herr Wiegand, ich …“

„Kommen Sie rein, Frau Rust, und nehmen Sie Platz. Das gestern … Es tut mir unendlich leid. Ich weiß auch nicht, was in mich gefahren ist. Ich habe Sie aus einer Laune heraus provoziert. Der Alkohol. Sie können das nicht wissen. Ich bin eigentlich trocken, aber ich hatte früher ein Alkoholproblem. Ich habe seit Jahren nicht mehr getrunken. Zum Essen mal ein Glas Wein, mehr nicht. Ich bitte Sie inständig, dass diese peinliche Situation, dass ich Sie kompromittiert habe, unter uns bleibt. Ich sorge auch dafür, dass Sie bei der Regelung um Rufers Nachfolge eine gewichtige Rolle spielen werden. Das verspreche ich Ihnen hoch und heilig, Frau Rust!“

Rebecca presste ihre Lippen zu einem schmalen Schlitz und nickte.

Auf dem Weg zu Wiegands Schreibtisch ließ Rebecca aus den Aktendeckeln einen Kugelschreiber zu Boden fallen. Wiegand, ganz Gentleman, schnellte aus seinem Sessel, um den Stift aufzuheben. Sie kam ihm zuvor, war bereits in die Knie gegangen und nahm den Stift an sich. Als sie bemerkte, dass Wiegand noch gebeugt über ihr verharrte, federte sie nach oben. Sie stieß mit ihrem Kopf hart gegen Wiegands Unterkiefer. Das schmerzhafte Ziehen auf der Kopfhaut ignorierte sie. Sie fokussierte sich auf das, was folgen sollte. Wiegands Zahnreihen prallten aufeinander. Aus seinem Mund entwich ein gepresster Laut, ein Schmerz. Rebecca drückte ihren Rücken durch und stand kerzengerade. Sie heuchelte eine Entschuldigung. Ein Blutfaden rann an Wiegands rechtem Kinnwinkel hinunter. Bevor er ihn wahrnahm, griff sie nach dem Taschentuch und wischte ihn aus Wiegands verdutztem Gesicht weg.

„Sie müssen sich nicht entschuldigen. Ist schon gut." Wiegand schob Rebeccas Hand barsch beiseite. Er besah sich sein Gesicht im kleinen Spiegel über dem Handwaschbecken.

„Ich kann mich selbst verarzten. Der kleine Kratzer bringt mich schon nicht um. Lassen Sie es gut sein."

Wiegand ging zurück zum Schreibtisch, griff in die Schublade und klebte sich ein kleines Pflaster auf die Wunde.

Unbemerkt hatte Rebecca das Taschentuch mit den Blutanhaftungen in einem Minigrip-Beutel verschwinden lassen. Sie hätte auch das Trinkglas von Wiegands Schreibtisch entwenden können, aber sie wollte ihm, als Ausgleich für die gestrige Schmach, ein wenig Schmerzen zufügen.

Zurück in ihrem Büro, ließ sie das Tuch zunächst in ihrem Schreibtisch verschwinden.

Kurz nach Dienstende passte sie Sascha ab, der noch im Labor war. Sie wusste, dass er immer ein paar Minuten länger blieb, um dem Feierabendverkehr auszuweichen.

„Hallo Sascha. Ich weiß, bald ist Wochenende. Aber tust du mir noch einen Gefallen? Es ist sehr, sehr wichtig. Es betrifft die Morde. Ich kann nicht länger warten und brauche am Montag dringend ein Ergebnis. Die Chefs zerreißen mich sonst in der

Luft und entziehen mir den Fall. Sei ein lieber Kollege, Sascha. Ich lade dich auch mal zum Kaffee ein, ja?“

„Mit Kuchen! Klar! Die Rebecca, wie man sie kennt. Immer auf den letzten Drücker. Du weißt doch, Rebecca, dass ich dir keinen Wunsch abschlagen kann. Was hast du für ein Problem?“

Sie holte das Tütchen mit dem Taschentuch aus ihrer Jackentasche.

„Bitte vergleiche die Spur aus dem Wald, die Spermaprobe auf Langners Hintern und diesen Schatz hier auf DNA-Identität. Sollten die Tests übereinstimmen, rufst du mich sofort an. Sofort! Verstanden! Und nur mich! Du hältst da möglicherweise eine Bombe in der Hand, mein Lieber. Käsesahne?“

„Wie bitte?“ Sascha war verwirrt, nickte aber eifrig.

„Na zum Kaffee! Käsesahnekuchen?“

Sascha Auling machte sich sofort an die Arbeit. Zu Hause warteten seine Frau und die Kinder. Sie wollten gemeinsam grillen. Das Wetter sollte noch mitspielen. Gewitter lagen in der Luft und sollten endlich den dringend erwarteten Regen bringen.

Er zerschnitt das Taschentuch und legte den größeren Flecken mit Blut in ein Lösungsmittel. Die Daten der beiden anderen Proben lagen bereits vor ihm.

Er würde morgen sehr früh ins Labor gehen. Familienärger wäre zwar vorprogrammiert, aber da würde er sich für die Kinder schon was einfallen lassen. Und seine Frau freute sich bestimmt mal wieder über einen Strauß Blumen.

Für Rebecca hielt er einen Streit aus. Job ist nun mal Job. Sascha würde es ein Leichtes sein, die Daten herauszuarbeiten und einen Vergleich anzustellen.

Als Rebecca gegangen war, fiel Sascha erst auf, wie euphorisiert sie gewirkt hatte.

Er löschte das Neonlicht, ließ seinen Blick durch den Raum schweifen, wie er es immer tat, bevor er das Labor abschloss, und freute sich auf die Steaks und Bratwürste.

Es war kurz vor 22 Uhr, als ein Mann das Labor betrat.

Er ging durch den Raum und blieb unvermittelt vor Saschas Platz stehen. Ihm genügte ein Blick, um zu wissen, dass sich die Schlinge um seinen Hals zugezogen hatte.

Es galt, keine Zeit mehr zu verlieren.

Er hatte jene, die es nicht anders verdient hatten, zur Rechenschaft gezogen.

Nun musste er nur noch diese letzte Sache zu seinem Ende bringen.

23

Rebecca ließ sich durch die Stadt treiben. Sie wunderte sich, dass die Menschen trotz der enormen Hitze gute Laune hatten, und legte sich am Stadtstrand in einen Liegestuhl. Das kühle Weizenbier tat ihr gut. Sie blickte auf die Festung und das Käppele, dieses steinerne Geschwisterpaar. Würzburg war eine schöne Stadt.

Um kurz nach 23 Uhr parkte sie den *Nissan*. Sie ging auf die Haustür zu. Hielt inne. Sie sog einen Duft ein, der sie an etwas erinnerte. Sie wusste nur nicht mehr an was. Ihre Augen erfassten den Himmel. Dunkle Gewitterwolken hatten sich zu unheilvollen Wattebäuschen zusammengebraut. Schwüle legte sich unangenehm feucht auf die Haut.

Der Angstschweiß der Stadt, der sich verbreitete, bevor Keller und Unterführungen im drohenden Unwetter ertranken.

Sie drückte den unverschlossenen Hauseingang mit der Schulter auf. Im Gehen zog sie ihren Schlüsselbund aus der Handtasche. Der Bart schob sich ins Schloss der Wohnungstür.

Ein Schatten löste sich aus dem Dunkel. Schlug ihr ins Gesicht. Der Schrei, der aus ihrem Körper fliehen wollte, erstickte in blutigem Speichel. Ihr wurde schwarz vor Augen. Sie roch das Chloroform. Dann wurde sie ohnmächtig.

Sie schmeckte bitteres Blut in ihrem Mund. Sie öffnete die Augen. Blinzelte benommen. Sie wollte sich bewegen, doch etwas hielt sie fest. Sie blickte nach links und rechts. Sah, dass sie mit Klebeband an ihr eigenes Bett gefesselt war. Sie erschrak. Lag da, nackt und schutzlos. Das geschwollene Gesicht schmerzte. Das Herz unter ihrer Haut pochte wie das eines Marathonläufers. Rebecca rüttelte an ihren Fesseln. Das Band schnitt tief in ihre Handgelenke.

Am Fußende des Bettes saß Wiegand. In seiner Uniform. Rebecca weinte, doch die Tränen flossen zurück in ihr Innerstes.

Als Wiegand ihr Erwachen bemerkt hatte, stand er zeitlupenartig auf. Er stellte sich neben ihr Bett, streichelte mit seiner behandschuhten Hand über ihren Körper und sah ihr tief in die Augen. Ihr Atem ging stoßweise. Sie versuchte, einen klaren Kopf zu bekommen, Gedanken zu sortieren.

Sie wollte sprechen, bekam jedoch nur ein Röcheln zustande. Ihr Mund war ausgetrocknet.

„Wiegand? Ich wusste es. Aber warum?", stammelte sie.

„Es gibt nichts zu verstehen. Zumindest nicht für Sie, meine Liebe. Sie sind auch nur Mittel zum Zweck. Wie die anderen. Bei Ihnen ist es allerdings ein wenig anders. Ihr Ehrgeiz, Ihre Erfolge, dies alles steht für mich für eine verhasste Polizei. Eine Polizei, die ich von innen heraus infiltrierte. Ich hasse sie. Meine Vorstellung von einer sauberen Polizei wurde mir vor langer, langer Zeit genommen. Das verstehen Sie nicht, können Sie nicht verstehen. Das Schlimmste war, dass ein Polizist mir meine Mutter nahm."

Er lächelte. Seine Gedanken schienen von weit weg zu kommen.

„Herr Wiegand! Sie wissen, dass es Hilfe gibt. Man kann alles heilen in der heutigen Zeit. Bitte lassen Sie mich leben. Wir können eine Lösung finden, bitte! Tun Sie mir das nicht an!"

Sie wusste, sie würde nicht überleben. Sie suchte verzweifelt einen Ausweg, wie sie sich aus der Situation befreien könnte. Deshalb flehte sie Wiegand an wie ein kleines Mädchen, das sich vor den Schlägen des Vaters fürchtete. Rebecca sah eine letzte Chance.

„Bitte vergewaltigen Sie mich nicht, Wiegand! Tun Sie mir das nicht an! Ich habe AIDS!"

Wiegand lachte laut auf.

„Netter Versuch, Frau Rust, mich aufs Glatteis zu führen. Sie gehen mir mit Ihrem Gejammer auf die Nerven. Sie widern mich an. Niemand und nichts wird mich von meinem Plan abhalten. Vier Morde an Polizisten und kein Mörder. Das trifft die Polizei ins Mark. Mit Ihrem Tod trete ich in meine persönliche Freiheit ein.“

Er tröpfelte lächelnd Chloroform in ein Tuch und drückte es auf ihre Nase und ihren Mund. Rebecca strampelte wie wild, sie spürte den Schmerz, der sich in ihre Gelenke biss. Dann versank sie in einem tiefen Schwarz. Wiegand zog sich aus, faltete akkurat seine Uniformteile und hängte sie über den Stuhl. Nackt stand er vor ihrem Bett. Seine Erektion ließ ihn lächeln.

Er lief in die Nacht.

Die dunklen Wolken hatten sich noch nicht entladen. Sie schienen auf ihn gewartet zu haben. Ein Donner kündete die Erlösung der Spannung am Himmel an. Dann kam der Regen. Dicke Tropfen klatschten in sein Gesicht. Ein Blitz blendete sein immer noch erregtes Gesicht. Der Asphalt dampfte. Er saugte diesen Duft nach Frische gierig ein. Vorbeifahrende Autos warfen Wasser aus den Spurrillen, der Gummi der Scheibenwischer schleuderte das Nass unerbittlich zur Seite. Aus dem geöffneten Fenster eines Hauses drang Musik. Sie paarte sich mit dem Niederschlag.

Tom Waits sang *Cold cold ground.*

ABBLENDE

1

Beim Klavierspielen erzeugten die Töne Dissonanzen. Roland beschlich das Gefühl, dass irgendetwas nicht stimmte. Das Antlitz Rebeccas tauchte vor seinen Augen auf. Er wählte Rebeccas Nummern. Nochmal und nochmal. Sie nahm nicht ab. Dann rief er seinen Kollegen an.

„René, ich habe so eine komische Ahnung. Rebecca geht nicht an ihr Handy und auch nicht ans Festnetz. Ich glaube, da stimmt was nicht. Wir treffen uns bei ihr an der Wohnung! Jetzt gleich! Und beeile dich!"

René gab keinen Kommentar. Er legte wortlos auf, zog sich an und stürzte aus der Wohnung. Als er an Rebeccas Haus ankam, sah er Rolands Fahrrad bereits an der Wand lehnen. Er ging hinein, die Tür zu Rebeccas Wohnung stand offen. Er hörte ein trauriges Schluchzen, das ihm den Boden unter den Füßen wegzog. Er wusste sofort, dass etwas Schlimmes passiert war. Roland drehte ihm mit verheulten Augen den Kopf zu.

Rebecca lag, nur mit einem Laken bedeckt, auf ihrem Bett. Entweder war sie tot oder, so hoffte er, ohnmächtig.

„Sie gibt schwache Lebenszeichen von sich. Ich habe den Notarzt schon gerufen!", presste Roland hervor. Speichelfäden hingen aus seinem Mund.

Fast erleichtert atmete René tief durch und legte eine Hand auf Rolands Schulter.

„Gütiger Gott! Hört denn dieser Wahnsinn niemals auf!"

„Hier! Das habe in ihrer Hand gefunden: ENDE". Roland

reichte René einen Zettel. Er hatte vergessen, das Stück Papier als Beweismittel zu behandeln. René blickte sich um. Er nahm ein Glas, das auf dem Nachttisch stand. Roland ließ es hineinfallen.

„ENDE? Meinst du, es ist jetzt vorbei? Dann war Rebecca die ganze Zeit sein Ziel gewesen. Dann wären die anderen Morde nur Mittel zum Zweck gewesen. Glaubst du, der Mörder hat es von Beginn an auf Rebecca abgesehen?"

„René, ich weiß es nicht. Ich weiß gar nichts mehr." Roland hatte sich ein wenig gefasst und war aufgestanden.

„Wenn es so ist, hat er gewonnen, beinahe jedenfalls. Es ist mir gerade auch ziemlich egal. Ich hoffe nur, sie überlebt. Lass uns später darüber reden. Bitte tu mir den Gefallen."

Er blickte verzweifelt in das Gesicht der Bewusstlosen. Hielt ihre Hand immer noch in der seinen.

„René, du hast doch Kinder. Kannst du *Ferdinand* bei dir Asyl geben?"

„Ferdinand?"

„Die Katze."

„Klar. Meine pubertierende Göre daheim freut sich bestimmt."

Roland dachte, komisch, dass man in den bedrückendsten Momenten so strukturiert denken kann.

Das penetrante Klingeln von Rolands Anruf schreckte ihn auf, so dass er von seinem Tun abließ und panisch aus der Wohnung floh. Roland würde nie erfahren, dass er Rebecca am Leben hielt. Wahrscheinlich war er im Glauben, das Opfer sei tot. Alle Mörder machen Fehler. Dies würde erklären, dass er fluchtartig die Wohnung verließ und die Tür nur angelehnt war, als Roland eintraf.

Roland war in der Wohnung geblieben, bis der Blaulichtspuk und die Spurensicherung vorüber waren. Das war er Rebecca schuldig. Danach hatte er sein Fahrrad nachhause geschoben.

Am nächsten Morgen, es war ein Montag, war er sehr früh im Büro. Er hatte die ganze Nacht gegrübelt und keinen Schlaf gefunden.

Er saß da und glotzte auf einen dunklen Bildschirm. An Arbeit war nicht zu denken. Seine Gedanken rotierten um das Geschehene. Roland begriff, dass Rebecca dem Team wichtige Informationen vorenthalten hatte. Da war er sich sicher. Sie hatte wieder einmal auf eigene Faust einer Spur hinterhergejagt, um sie dann der Soko stolz zu präsentieren. Er stand auf, ging in einen Nebenraum, wo Kaffeemaschine und Kühlschrank standen. An der Wand hing eine Dartscheibe. Er griff sich drei Pfeile und jagte sie hintereinander in den roten Punkt.

Auf dem Flur herrschte Ruhe. Die Kollegen gingen aus Rücksicht auf leisen Sohlen an seinem Zimmer vorbei. Das übliche Gelächter schmutziger Witze blieb außen vor.

Als Sascha die Dienststelle betrat, wunderte er sich sofort über die bleierne Schwere, die in den Gängen lag.

„Was ist los? Irgendetwas stimmt hier nicht, oder? Ich kann die schlechte Stimmung förmlich riechen."

„Du weißt es also noch nicht?"

„Jetzt spannt mich nicht auf die Folter. Ich war mit der Familie gestern im Lego-Land. Ein Stress, sage ich euch. Jetzt sagt bitte, was los ist!"

„Rebecca … Rebecca Rust ist …“ Betretenes Schweigen. „Rebecca Rust ist schwer verletzt worden. Sie ist nur knapp mit dem Leben davongekommen. Keiner weiß, ob sie überhaupt überlebt. Sie liegt im Koma. Man hat sie vergewaltigt und versucht zu erwürgen.“

„Was?! Wer war das? Hat man den Täter? Wer ist das Schwein? Aber sie lebt, sagt ihr?“

„Wir wissen nicht, wer der Täter ist. Keiner weiß genau, wie es ihr geht. Es herrscht hier absoluter Ausnahmezustand. Aber ihr Krankenbett wird bewacht. Anordnung von Rufer. Der ist total durch den Wind.“

Sascha hastete aus dem Zimmer. Rannte in die Toilette und übergab sich. Als er sich vor dem Spiegel Wasser ins Gesicht klatschte, sah er durch sich hindurch. Dann eilte er ins Labor. Er hatte es schon geahnt. Die Spur, die Rebecca ihm übergeben hatte: verschwunden! Er fuhr den Computer hoch. Alle Daten, die er fein säuberlich in eine Excel-Tabelle eingetragen hatte: gelöscht! Er griff zum Telefonhörer.

„Roland? Ich habe es gerade gehört. Scheiße, das darf doch nicht wahr sein! Was geht hier eigentlich ab?“ Er wartete eine Antwort gar nicht erst ab.

„Hör zu: Rebecca war am Freitag bei mir. Sie hat mir ein Taschentuch mit Blutanhaftung gegeben. Ich sollte die Substanz mit anderen Asservaten vergleichen. Aber alles ist verschwunden, gelöscht, einfach in Luft aufgelöst. Das heißt …“

Roland verstand nicht.

„Von was sprichst du, Sascha. Welche Spur? Wir haben doch schon ein Taschentuch als Asservat angelegt. Hat dir Rebecca noch ein Taschentuch gebracht? Ich stehe gerade auf dem Schlauch. Sascha, was weißt du, spuck es aus!“

„Langsam, langsam, ich muss mich selbst erstmal sortieren. Es war offenbar mal wieder typisch Rebecca! Ich hätte es mir schon denken können, als sie mich so eingeseift hat mit ihrer Käsesahnetorte. Sie hat wahrscheinlich mal wieder ihre Solonummer durchgezogen. Ich weiß leider keine Details. Sie hat nur gesagt, es sei wichtig und ich soll zunächst niemandem etwas erzählen. Du kennst sie, Roland, man kann ihr keinen Wunsch abschlagen. Sie war gut gelaunt gewesen. Sie war dem Mörder ganz nahe. Sie ahnte, wer das Arschloch ist. Puh, das geht einem richtig an die Nieren. Wie geht es ihr eigentlich Roland?“

„Sehr schlecht, Sascha. Sie liegt im Koma und niemand kann sagen, ob sie den Angriff überlebt.“

Wenn Rebecca so ein Geheimnis aus dem letzten Beweismittel gemacht hatte, dann hatte Sascha recht. Sie war dem Mörder auf der Spur gewesen. Der Täter konnte nur ein Kollege sein. Roland ließ den Kopf auf die Schreibtischunterlage sinken.

Das Landeskriminalamt aus München würde den Fall übernehmen. Rufer konnte sich nicht mehr dagegen wehren. Die Soko war mit ihrem Latein am Ende. Die Chefin ausgemerzt. Hoffentlich bewahrheitete sich nicht, was lästernde Kollegen gerne sagten:

„LKA – Leider Keine Ahnung.“

Es war eine der spektakulärsten Kriminalgeschichten Bayerns und zog eine große DNA-Überprüfung innerhalb der unterfränkischen Polizei nach sich. Rufer und Wiegand mussten sich Vorwürfe gefallen lassen, die Chefermittler aus München nicht schon früher eingebunden zu haben. Sie mussten beide persönlich beim Innenminister vorsprechen und sich rechtfertigen. Da man den Skandal minimieren wollte, blieben beide zunächst auf ihren Posten.

Alle Beamten, die auf Rebeccas Liste der Verdächtigen standen, mussten sich einer Speichelprobe unterziehen. Man dachte sogar daran, dass alle Polizisten in Unterfranken den Test über sich ergehen lassen sollten. Die Staatsanwaltschaft lehnte dies aber aus Verhältnismäßigkeitsgründen ab. Mit Bohm wäre das nicht passiert, aber der war nach Bamberg versetzt worden.

Die Auswertungen nahmen Zeit in Anspruch. Das Schlimme war, dass kein greifbares Ergebnis dabei herauskam. Dann übernahmen andere Ereignisse des Alltags das Geschehen.

2

Wiegand war verzweifelt. Er grämte sich, dass sein eigentlicher Plan nicht aufgegangen war. Er musste diese Rust töten. Aber wie? Gestern Nacht war er durch die Räume des Krankenhauses geschlichen. Das Neonlicht zeigte seine aschfahle Haut in einer der gläsernen Flurtüren, die er entschlossen aufgestoßen hatte. Vorbeieilende Krankenschwestern beachteten ihn nicht. Dann stand er vor der Tür, hinter der Rebecca Rust um ihr Leben kämpfte. Er schaute sich nach links und nach rechts um. Leere. Die Deckenbeleuchtung summte. Er öffnete die Tür und erstarrte. Da saß dieser Utz. Dieser blöde Utz. Was, verdammt, machte der hier? Bei dem musste er vorsichtig sein. Jedem anderen Bewacher hätte er den Befehl geben können, für einen Moment zu verschwinden, sich einen Kaffee zu holen oder pinkeln zu gehen.

Wiegand war verunsichert.

„Sie sind so spät noch unterwegs?"

„Sie wissen doch, wie intensiv der Fall bearbeitet wird. Permanent schleichen Leute vom LKA um mich herum. Ich hatte in der Nähe einen Termin, und da dachte ich, ich schaue endlich auch mal kurz vorbei. Danke, dass Sie sich kümmern und einen schönen Abend noch."

Von einem schönen Abend konnte wahrlich keine Rede sein, dachte sich Roland. Er registrierte die leichten Bewegungen unter ihren Lidern, die ihm Hoffnung gaben. Ob ihr Gehirn einen Film produzierte, der ihm für immer verborgen blieb?

Die Schwestern verrieten, Rebecca hätte Glück gehabt. Das Zungenbein war nur angebrochen und das Sprachzentrum betroffen, so weit war man sich sicher. Es bestünde jedoch die Hoffnung, dass Rebecca ihre Sprache wiedererlangen könnte. Grundsätzlich, so die Fachleute, sind weitere Risiken und Nebenwirkungen beim künstlichen Koma sehr gering. Dennoch bereitete die Tatsache Sorge, dass das Gehirn lange nicht mit Sauerstoff versorgt war. Hoffnung auf Leben war, was ihr blieb.

Roland begab sich auch in seiner Freizeit ans Krankenbett und löste die Kollegen ab.

Der Chefarzt, dem nicht verborgen blieb, wie engagiert sich Roland um die Patientin kümmerte, hatte versucht, ihn zu beruhigen: Das künstliche Koma sei nichts anderes als eine Langzeitnarkose.

Oft nickte er vor Erschöpfung am Krankenbett ein. Er hörte durch sein Unterbewusstsein die monotonen Geräusche der medizinischen Apparaturen. Glaubte, die Kühldecke, die Rebeccas Körper bedeckte, fühlen zu können. Fror bei dem Gedanken an die Eispackungen, die ihre Hände einschlossen. Er sah sich mit Rebecca in einem verlassenen Raumschiff. Rebecca schwebte schwerelos. Schläuche steckten in ihrem Raumanzug. Aliens betraten das Deck und saugten das Leben aus Rebecca heraus.

Eine Krankenschwester rüttelte ihn wach.

„Haben Sie Geduld mit ihr. Sie spürt Ihre Liebe."

Roland saß bereits im achtzehnten Monat an diesem verdammten Krankenbett. Routiniert erledigte er seinen Job. Er dachte jeden Tag an sie. So oft es ging, fuhr er zu ihr. Dann hielt er Rebeccas Hand ganz fest in seiner.

Wie schön sie ist.

Träumte er? Er riss die Augen auf. Konzentrierte sich auf seine Sinne.

Nein! Er träumte nicht!

Er spürte einen sanften Druck in seiner Handfläche. Er konnte es nicht glauben. Dachte an Einbildung. Wollte diese Hand nicht mehr loslassen. Genoss das Gefühl, dass Leben in Rebecca floss und in seiner Hand Fortsetzung fand. Er löste sanft den Griff. Stürzte auf den Flur. Eine Träne löste sich aus seinem Auge.

„Schwester! Schwester!"

Die Kunde von einem Lebenszeichen Rebeccas verbreitete sich in der Dienststelle wie ein Lauffeuer. Ein Beamter des LKA wollte sofort eine Befragung ansetzen, was ihm die Klinikleitung strikt untersagte. Man würde ihm rechtzeitig Bescheid geben, wenn Frau Rust vernehmungsfähig ist.

Rufer hatte Wiegand zuhause angerufen. Dieser hatte sich in letzter Zeit auffällig häufig krankgemeldet. Erst hatte ihn ein lapidarer Schnupfen aus der Bahn geworfen. Dann begannen jedoch Übelkeit, Nachtschweiß und Durchfall an seinem Körper zu zehren. Zunächst schob er die Symptome beiseite. Als er an seinem Hals die geschwollenen Lymphknoten ertastete, ahnte er, dass ein Dämon in ihm erwacht war. Das Biest hatte nicht gelogen.

„Und, hat sie etwas gesagt? Hat sie einen Hinweis auf den Mörder, äh, den Täter gegeben?"

„Nein, leider nicht! Ihr geht es immer noch schlecht. Ihr Sprachzentrum ist stark lädiert. Die Ärzte sind noch skeptisch, was den Heilungsverlauf angeht. Wir werden abwarten müssen. Wir brauchen Geduld. Jetzt kurier du dich erstmal richtig aus."

Wiegand wartete nichts mehr ab. In seiner Uniform setzte er sich vor den Schreibtisch. Öffnete die Schatulle. Entnahm die Briefe.

Zerriss sie. Legte sie in den alten Aschenbecher, ein Erbstück. Zündete sie an. Merkte nicht, dass die Flammen frühzeitig erloschen. Er lehnte sich zurück. Schloss die Augen. Seufzte tief. Panik stieg in ihm auf. Er wusste, dass er die Schreckgespenster, die er beschworen hatte, nicht mehr losbekommen würde.

Dunkle Flecken auf einer Fratze.

Dunkle Flecken auf einem hässlich verzerrten Gesicht.

Dunkle Flecken auf einer Fratze.

Blut.

Blut.

Blut.

Blut, das fließt.

Blut, das noch pocht.

Blut, das bald stirbt.

Er nahm seine Pistole. Legte den Lauf an die Schläfe und drückte ab.

Schmutziges Blut, das in Wiegands Adern geflossen war, spritzte gegen die Wand.

Ein Nachbar hatte den Schuss gehört.

Neben den noch lesbaren Resten des angebrannten Papiers fanden die Beamten in der Schatulle sorgfältig gebündelte Briefe an einen toten Vater.

Ein Beamter des Erkennungsdienstes übergab Rufer einen Brief, der an ihn adressiert war. Rufer schwitzte. Er riss den Umschlag auf und nahm das Papier heraus. Wiegand hatte für den Text einen Kugelschreiber benutzt. Das Schreiben begann ohne persönliche Anrede:

Jetzt staunst du, was?
Leider habe ich mein Spiel verloren. Aber auch du stehst nicht gerade als Gewinner da, alter Freund! Ich gönne dir das Spießrutenlaufen in den Medien aus ganzem Herzen.
Deine arrogante Art ging mir schon immer auf die Nerven. Du dachtest, du seist etwas Besseres. Du von der Kripo. Und ich der mit der Uniform. Meine Leute müssen die Drecksarbeit vor Ort verrichten, damit ihr die Lorbeeren erntet.
Ich habe deine beste Beamtin ausgesucht, diese Rust, um ein Spiel zu spielen. Ich wollte sehen, wie gut sie wirklich ist. Sie sah sich schon als deine Nachfolgerin. Sie tappte amateurhaft im Dunkeln, bis ich ihr den Todesstoß versetzte. Na ja, ist mir nicht ganz gelungen.
Die toten Polizisten haben ihre Strafe bekommen. Sie hatten es nicht verdient, bei der Polizei zu sein. Aber sie waren nur Mittel zum Zweck. Köder für mein eigentliches Opfer sozusagen.
Nennt mich verrückt, beschimpft mich. Es ist mir egal, was die Nachwelt von mir denkt.
Ich werde immer und in Ewigkeit in der Historie der Würzburger Polizei verankert sein, glaube mir! Das Böse ist immer und überall. Selbst in deiner unmittelbaren Nähe!
Ich habe der Kripo und dir im Speziellen eine herbe Niederlage zugefügt!
Bevor ihr beginnt, über ein Motiv nachzudenken: Ich habe fast mein ganzes Leben auf diesen Zeitpunkt gewartet. Es gab keinen besseren, als Monate vor der Pension meine Mission in die Tat umzusetzen. Ich habe das System herausgefordert. Auf eine Art, die es so noch nie gab.

Es ist mir gelungen, oder?!
Ein Polizist in meiner Kindheit brannte den Schmerz in mich hinein. Ich fand Befriedigung, indem ich euer Versagen beobachtete. Aber du siehst, ich bin nicht feige. Ich stelle mich meiner Verantwortung, da ich ein guter Verlierer bin. Mit einem Lächeln auf den Lippen scheide ich aus diesem Leben. In deinen Träumen werde ich dich besuchen.
Und, Rufer, tut mir leid, wenn ihr jetzt die Sauerei, die ich hinterlasse, wegputzen müsst.

Wiegand hatte den Brief unterschrieben, mit Ort und Datumsangabe. Rufer ließ sich in einen Sessel fallen. Er gab den Brief zurück an einen Beamten mit der Bitte, ihn den Asservaten beizufügen.

„Unangenehme Geschichte, das!“ Der Gedanke an einen vorzeitigen Ruhestand schoss ihm durch den Kopf.

Einen bitteren Nachgeschmack bekam die Akte *Wiegand*, als sich bei der Obduktion herausstellte, dass der Selbstmörder das HI-Virus in sich trug. Spekulationen, dass dies der Auslöser für seine wahnsinnigen Taten war, machten die Runde. Doch nur einige wenige wussten die Wahrheit und versteckten sie vor der Öffentlichkeit.

3

Rebecca war aus dem Koma erwacht.
Mit verklebten Augen blickte sie Roland an. Tränen lie-

fen ihr die Wange hinab. Mit dem Daumen wischte sie Roland zärtlich trocken und zerrieb die salzige Flüssigkeit zwischen seinen Fingern.

Rebecca wollte sprechen. Sie verzog das Gesicht zu einer Grimasse. Roland beugte sich zu ihr. Mit ihrem Mund an seinem Ohr flüsterte sie den Namen ihres Peinigers.

„Du brauchst keine Angst mehr zu haben. Der Feigling hat sich selbst erschossen. Er kann dir nichts mehr tun. Du hast später Zeit, alles zu erzählen. Jetzt musst du erst einmal zu Kräften kommen. Du hast alle Zeit der Welt." Er strich ihr zärtlich über die Stirn.

Rebecca konnte ohne Hilfe noch nicht gehen. Roland schob sie im Rollstuhl über das Gelände des Krankenhauses. Bäume blühten und der betörende Duft des Frühlings ließ einen herrlichen Sommer erwarten.

Ihr Schweigen verlor sich in der Natur. Die Reifen des Rollstuhls knirschten monoton auf dem Kies. Roland fasste sich ein Herz.

„Rebecca, ich liebe dich!"

Rebecca schloss die Augen. Die Silben krochen nur mühsam und heiser aus dem Mund.

„Roland, ich bin noch zu schwach für Scherze dieser Art", krächzte sie.

Er löste die Hände von den Griffen, ging vor ihr in die Knie. Blickte ihr in die Augen.

„Es ist wahr: Ich liebe dich!"

Sie sah ihn an.

Und glaubte ihm.

ENDE

Danke für Inspiration und unendlicher Geduld an:

Christine, Edda, Natascha, Günther, Thomas, Margitta, Lisa und Yannic.

Ein besonderer Dank geht an Thomas Häußner vom Echter Verlag.